안니 M. G. 슈미트 지음 | 위정훈 옮김 | 아카보시 료에이 그림

위플랄라

피피에

우푤릴라

이 동화를 쓴 안니 M. G. 슈미트(1928~1995)는 네덜란드의 카펠레에서 태어났습니다. 아이들을 위한 동화, 시, 연극 작가로 활약했으며, 네덜란드의 국보급 동화작가로서 '네덜란드의 진짜 여왕을 뛰어넘는 여왕'으로 불렸습니다. 1964년에 청소년문학을 위한 국가상을 받았고, 『위플랄라』와 『오체』로는 해마다 네덜란드에서 가장 뛰어난 아동문학 작품에 주어지는 상인 금펜상을, 『미노스』, 『페테플레트 별장의 브루크』로는 은펜상을 받았습니다. 1988년에는 평생의 공적을 인정받아 동화작가로서는 최고의 영예이자 '어린이책의 노벨상'이라 불리는 국제 안데르센상을 받았습니다. 그밖의 작품으로 『천사의 트럼펫』, 『코의 섬 특급』 등이 있습니다. 자유롭고 여유가 넘치는 안니 M. G. 슈미트의 작품은 시대를 초월하여 지금도 세계의 어린이들에게 널리 읽히고 있습니다.

WIPLALA
by Annie M. G. Schmidt

Copyright © 1957 by the Estate of Annie M. G. Schmidt
Korean Translation Copyright © 2009 by PAPIER Publishing Co.
All rights reserved.
The Korean language is edition published by arrangement with
Em. Querido's Uitgeverij B. V. through MOMO Agency, Seoul.

이 책의 한국어판 저작권은 모모 에이전시를 통해
Em. Querido's Uitgeverij B. V.사와의 독점 계약으로
"파피에 출판사"에 있습니다.
저작권법에 의해 한국 내에서 보호를 받는 저작물이므로
무단전재와 무단복제를 금합니다.

"위플랄라 위플랄라 숲 속
겨울은 따뜻하고 여름은 춥지요
설탕, 커피, 겨자에 후추
위플랄라 위플랄라 숲 속"

― 위플랄라의 노래

위플랄라 차례

1. 비오는 날의 이상한 손님 · 9

2. 돌이 된 시인 · 25

3. 궁전같은 레스토랑 · 43

4. 난쟁이가 된 세 사람 · 54

5. 거대한 우리집 · 69

6. 인간에게서 달아나야 해 · 81

7. 댐 광장의 큰 궁전 · 97

8. 맛있는 음식도 잔뜩, 위험도 잔뜩 · 109

9. 병원 · 121

10. 로티와 작은 네 사람 · 130

11. 친절한 핑크 선생 · 141

12. 도둑놈 리퀴스 렐 · 153

13. 운하 옆의 집 · 165

14. 핑크 선생과 두 부인 · 175

15. 유령의 집 · 185

16. 빨간 열매를 먹었더니 · 197

17. 되살아난 시인 · 208

18. 우리집에 돌아와 · 219

 1. 비오는 날의 이상한 손님

　브롬 선생은 의자에 앉아서 타닥타닥, 소리를 내면서 타자를 치고 있었습니다. 브롬 선생의 타자기는 특대형이었고, 또 상당히 구식이어서 꽤 시끄러운 소리를 내고 있습니다. 브롬 선생은 훌륭한 학자인데, 지금도 『중세 시대의 정치적 긴장 상태』라는 제목의 책을 쓰느라 무척 바쁜 하루를 보내고 있었습니다. 그 책이 무지무지 어렵고 학문적인 책이라는 건 두말할 필요도 없답니다.
　봄날이었습니다. 하지만 밖에는 세차게 비가 내리고 있었기 때문에 브롬 선생도, 아들인 요하네스도, 딸인 넬라 델라도 모두 집 안에 틀어박혀 있었습니다. 요하네스와 넬라 델라는 각자 커다란 가위를 들고 신문에 실려 있는 자동차 사진을 오려내고 있었습니다. 그건 예쁜 새 차의 사진이었어요.
　난로 위에서는 주전자가 슈슛, 하고 노래를 부르고 있었습니다.

가끔 거세게 휘몰아치는 바람이 비를 창문으로 때리며 팟, 하고 물보라를 날렸습니다. 고양이 프리흐는 자기 몸을 핥고 있었습니다. 그밖에는 모두 쥐죽은 듯 조용했습니다.

"뭔가 재미있는 일이라도 일어나면 좋겠다." 넬라 델라가 말했습니다. "집에 하늘을 나는 양탄자가 있으면 얼마나 좋을까? 아니면, 누군가 비행접시를 타고 달에서 내려와도 재미있을 텐데."

"조용히 좀 해주렴. 일을 못하겠구나."

브롬 선생이 소리쳤습니다.

"난 초콜릿 아이스크림을 먹고 싶어. 그리고 진짜 자동차도 갖고 싶어."

요하네스가 작은 목소리로 소곤거렸습니다.

"요즘은 정말이지 재미없어. 너무 심심해. 아무 일도 일어나지 않잖아."

넬라 델라도 속삭였습니다.

"홍차를 한 잔 더 마시고 싶구나."

브롬 선생이 넬라 델라에게 부탁했습니다.

"아빠, 더 이상 남아 있지 않아요. 새로 끓여야 해요."

"어, 그래. 그럼 끓여주렴."

그래서 넬라 델라는 예쁜 하늘색 찻주전자에다 홍차를 끓이려고 자리에서 일어났습니다. 찬장을 열고 차가 들어 있는 깡통을 끄집어내려는데 고양이 프리흐가 찬장 안에 코를 들이박고 킁킁, 하고 맨 아랫단의 냄새를 맡았습니다.

"프리흐, 왜 그러니? 쥐라도 잡고 있니?"

"야옹."

프리흐는 대답했습니다. 프리흐는 언제나 대답을 하는 고양이였습니다. 아주 영리하고 말귀를 잘 알아듣는 고양이거든요.

"프리흐, 좀 비켜. 거기서 뭘 찾고 있는 거야? 넌 쥐를 잡아본 적도 없잖아."

그때 뭔가 조그마한 것이 방안을 스스슥 달려서 달아났습니다. 프리흐는 훌쩍 몸을 날려 선반을 따라 그 조그마한 뭔가의 뒤를 쫓았습니다. 그리고 방안에서도 가장 어두컴컴한 소파 뒤쪽으로 사라졌습니다.

"저 녀석 뭘 잡은 거지? 쥐일까?"

요하네스가 물었습니다.

"그러네, 아마도 그러겠지. 프리흐, 뭘하는 거니?"

"왜들 그리 야단법석이냐? 너희들 왜 그렇게 시끄럽게 하는 거니? 아빠가 일을 못하겠구나."

브롬 선생이 말했습니다.

"프리흐가 쥐를 잡았어요."

넬라 델라가 대답했습니다. 그리고 무엇이 있는지 소파 뒤쪽을 엿보려 했습니다. 이상한 작은 소리가 났습니다. 이어서 프리흐가 흐응-, 하고 콧바람을 부는 소리가 났습니다. 한참 뒤 뭔가가 날뛰는 듯한 소리가 나더니 털썩, 하고는 잠잠해졌습니다. 프리흐가 구석에 앉아 있었습니다. 마치 작은 고양이 동상처럼 얌전하게요.

넬라 델라는 용기를 내서 소파 뒤쪽에 있는 그것을 꽉 붙잡았습니다.

"잡았다!"

넬라 델라의 손 안에서 뭔가가 버둥거리고 있었습니다. 요하네스는 넬라 델라가 무엇을 잡았는지 보려고 달려갔습니다. 버둥거리고 있는 것이 아주 이상한 소리를 냈기 때문에 넬라 델라는 탁자가 있는 밝은 곳으로 가져와서 손을 폈습니다.

넬라 델라의 손바닥에 꼬마 난쟁이가 올려져 있었습니다. 정말로 이상야릇한 난쟁이였습니다. 뻣뻣하게 곤두선 머리카락, 화를 내고 있는 작은 눈, 까만 바지, 산적들이 입는 것 같은 윗도리, 그리고 작은 목에는 털목도리를 두르고 있습니다. 난쟁이는 넬라 델라를 보자 화를 내면서도 걱정스럽게 바라보았습니다. 난쟁이는 절망적인 눈을 하고 작은 이를 드러내 보였습니다.

넬라 델라와 요하네스는 이 요상한 생물을 멍하게 바라보고 있었습니다. 그러나 브롬 선생은 아직 난쟁이를 보지 못하고 여전히 『중세 시대의 정치적 긴장 상태』 원고를 계속해서 타자기로 치고 있었습니다.

"아빠, 이것 좀 보세요!"

요하네스가 소리쳤습니다.

"조용히 좀 하라니까. 일을 못하겠다고 했잖니!"

브롬 선생은 화를 냈습니다.

"하지만 아빠, 꼭 좀 보셔야겠어요."

그렇게 말하면서 넬라 델라는 난쟁이가 도망치지 못하도록 다시 꼬옥 붙들었습니다.

브롬 선생은 얼굴을 들었습니다.

"그건 뭐냐?"

약간 기분나쁜 목소리였습니다. 선생은 이런 하찮은 소동 때문에 일을 방해받고 싶지 않다고 생각하는 것 같았습니다.

"세상에 작은 도깨비 같은 건 없어. 그런 게 있을 리가 있나. 자, 아빠는 일을 계속해야겠다."

"하지만 아빠, 여기 있는데요."

요하네스가 난쟁이에게 물었습니다.

"보세요, 얘를 보시라구요. 얘, 이름이 뭐니? 넌 누구고, 이름은 뭐니?"

난쟁이는 대답하지 않습니다.

"우린 너에게 나쁜 짓은 하지 않을 거야. 너는 꼬마 도깨비니?"

이번에는 넬라 델라가 물었습니다.

"꼬마 도깨비가 아니에요. 난 위플랄라예요."

난쟁이가 발끈해서 말했습니다.

"뭐? 위플랄라가 뭐야?"

"내가 위플랄라예요. 위플랄라란, 나 같은 것을 말하는 거예요."

"그러니? 너는 위플랄라라는 거구나. 그런데 네 이름은 뭔데?"

요하네스가 말했습니다.

"내 이름은 위플랄라예요. 지금 말했잖아요."

"네가 위플랄라 중 하나라는 건 알았어. 그런데 너의 이름도 역시 위플랄라니?"

"그래요."

"아아, 그렇다면 너는 어디에서 왔니? 자, 이제 더 이상 무서워하지 않아도 돼. 너를 탁자 위에 내려줄게. 하지만 찻주전자에 부딪히지 않게 조심해라."

"내 홍차는 어떻게 됐니?"

브롬 선생은 탁자 위를 둘러보았습니다.

"뭐야, 그 꼬마 도깨비는 아직도 거기 있는 거냐?"

"얘는 꼬마 도깨비가 아니래요. 위플랄라 가운데 하나고, 이름도 위플랄라래요."

요하네스가 말했습니다.

그러자 브롬 선생도 약간 걱정이 되기 시작했습니다. 선생은 의자에서 일어났습니다. 위플랄라 쪽으로 몸을 구부리고 심각한 얼굴로 물었습니다.

"넌 무슨 일로 여기에 왔니? 어디에서 왔니?"

위플랄라는 탁자 위에 웅크리고 앉았습니다. 작은 손으로 작은 얼굴을 가리고 소리내어 울기 시작했습니다. "다른 위플랄라들이 위플랄라 무리에서 쫓아냈어요." 하고 흐느껴 울었습니다.

"가엾어라. 네 친구들이 너를 쫓아냈다고?"

"그래요."

위플랄라는 애처롭게 대답했습니다.

"그리고 어떻게 됐니?"

"두더지가 파놓은 길을 따라왔어요. 아주 길고 먼 길이었어요. 오늘 위로 올라와보니까 이 집의 찬장 아랫단으로 나오게 됐어요. 땅콩버터가 있기에 조금 먹었어요."

"찬장 아랫단에 땅콩버터가 있어서 기어들어온 것이로구나. 쥐나 꼬마 도깨비들은 도둑놈 같은 것이군."

브롬 선생이 말했습니다.

"난 꼬마 도깨비가 아니에요. 위플랄라예요."

"알았다, 알았어. 그런데 위플랄라, 앞으로 어떻게 할 거니?"

브롬 선생은 달래듯이 말했습니다. 난쟁이는 눈물에 젖은 얼굴을 들고 커다란 인간들을 올려다보았습니다.

그때 요하네스가 말했습니다.

"어, 저기 좀 봐요. 프리흐가 이상해. 아까부터 30분이나 저 구석에 계속 앉아 있다구요. 프리흐, 뭐하니? 이리 와."

그러나 프리흐는 대답하지 않았습니다. 말없이 말뚝처럼 서 있기만 했을 뿐입니다. 위플랄라가 미안한 표정으로 고양이를 바라보았습니다.

"프리흐!" 넬라 델라가 놀라서 소리쳤습니다.

넬라 델라는 고양이에게 달려갔습니다. 그리고 고양이를 만져 본 순간, 깜짝 놀라 손을 움츠렸습니다.

"어머나, 돌고양이가 되어 버렸어!"

넬라 델라는 비명을 질렀습니다. 요하네스가 다가와서 고양이를 안아올렸습니다.

"정말 돌고양이네. 예쁜 점박이 돌고양이야."

브롬 선생은 꼬마 위플랄라를 손가락 사이에 쥐고서 무서운 얼굴로 노려보았습니다.

"이 녀석, 저 고양이한테 무슨 짓을 한 거 아니냐?"

"재미있는 일을 했어요."

"재미있는 일이라고? 고양이에게 요술을 부린 것 아니냐? 그래서 돌로 변해버린 것 아니냐?"

"우린 요술을 부린다고 하지 않아요. 그냥 재미있는 일을 한다고 해요. 하지만 만약 내가 그렇게 하지 않았으면 저 고양이는 나를 잡아먹었을 거예요. 저 고양이는 나를 장난감이라고 여기고 있어요. 소름끼치는 발톱으로 나를 때렸어요. 그래서 돌로 바꿀 수밖에 없었어요."

난쟁이는 말했습니다.

"그래? 이 녀석, 착하지. 지금 당장 저 고양이를 원래대로 돌려 놓으렴. 만약 말을 안 들으면……."

브롬 선생은 꼬마 위플랄라를 손가락 사이에 끼우고 단단히 조였습니다.

"아빠, 조심하세요. 큰일났다!"

아이들이 주의를 주었을 때에는 이미 늦었습니다. 위플랄라가 작은 손을 재빨리 이리저리 이상한 모양으로 움직이자 브롬 선생은 돌이 되어버렸습니다. 진짜로 돌이 되어 버린 거였어요. 돌로 된 콧수염을 붙이고 돌옷을 입은 돌아버지였지요.

"얘, 위플랄라, 너무해. 우리 아빠한테 무슨 짓을 한 거야."

"재미있는 일을 한 거예요."

위플랄라는 당당하게 말했습니다.

"위플랄라, 부탁이야. 아빠를 되돌려놓아줘. 세상에 단 하나뿐인 우리 아빠란 말이야. 아빠는 아주 다정한 분이란다. 그리고 머리도 아주 좋으시고 말이야. 아빠는 열심히 일을 하신단다. 매일 밤 우리를 침대로 데려가서 이런저런 이야기를 들려주시고, 박물관에도 데려가 주신단 말이야. 위플랄라, 빨리 아빠를 원래대로 돌려놓아줘. 얘, 내 말 들리지 않니?"

"하지만, 이 사람은 나에게 나쁜 짓을 할 거란 말예요."

위플랄라는 떨면서 말했습니다.

"아니야, 아니야. 아빠는 절대로 그런 짓 안 하실 거야. 우리가 맹세할게. 자, 부탁이야."

위플랄라는 조금 전에 했듯이 손을 샥샥, 움직였습니다. 브롬 선생이 움직이기 시작했습니다. 선생의 눈은 더 이상 돌로 된 눈이 아니었고, 팔도 돌로 된 팔이 아니었습니다. 선생은 웃으면서,

"내 홍차는 어떻게 됐니?"

하고 큰 소리로 물었습니다.

"아빠, 지금 끓일게요."

넬라 델라는 기뻐서 웃었습니다.

"나는 잠이 들었었나 보다. 네 녀석이 한 짓이겠지, 응? 이 기분 나쁜 도깨비야."

"아빠, 위플랄라에게 다정하게 대해줘야 해요."

요하네스가 말했습니다.

"위플랄라는 작은 요술쟁이예요. 얘는 뭐든지 할 수 있어요. 사람이나 동물을 돌로 바꿀 수도 있구요. 위플랄라, 너도 차 한 잔 마실래?"

넬라 델라는 찻잎에 뜨거운 물을 부으면서 말했습니다.

위플랄라는 여전히 탁자 위에 앉아 있었습니다. 작은 손가락 하나를 이마에 대고서,

"이상해, 이상해. 정말 이상해. 내가 할 수 있다니……."

하고 말했습니다.

"위플랄라, 뭘 할 수 있었는데?"

"고양이를 돌로 바꾸고, 당신 아빠도 돌로 만들었다가 원래대로 되돌렸잖아요."

"그래. 대단한 솜씨였어."

요하네스가 말했습니다.

"하지만 내가 쫓겨난 건 재미있는 일이 서툴렀기 때문이었어요. 모두들 나를 쓸모없는 애라고 했어요. 물론, 가끔은 잘되기도 했지만요. 하지만 정말 서툴렀다구요. 나는 시험을 봐야 했어요. 뭘 해도 잘되지 않았어요. 그런데 오늘은 갑자기 잘되었거든요."

"너는 잘해. 애, 지금 고양이를 되살려주면 안될까?"

"싫어요. 고양이는 나를 잡아먹어 버릴 거예요."

"괜찮다. 너를 잡아먹지 않도록 내가 보살펴주마. 네가 우리의 친구라는 것을 알면 프리흐는 너를 잡아먹지는 않을 거야."

브롬 선생이 말했습니다.

"그럼, 나는 여러분의 친구인가요?"

위플랄라는 놀라고 기뻐하면서 물었습니다.

"그렇고말고, 친구지. 너는 여기 있어도 좋아."

"정말요, 아빠? 야, 이제 넌 우리집에 살면서 우리랑 같이 잠도

자고, 함께 외출하거나 식사를 해도 좋아. 하지만, 프리흐를 원래대로 되돌려놓지 않으면 곤란한 걸."

요하네스가 말했습니다.

"그렇다면 해볼게요. 하지만 정말로 괜찮은 거죠?"

위플랄라는 두 손을 앞으로 내밀고 돌고양이의 눈 바로 앞에서 팟팟, 하고 재미있는 모양으로 움직여 보였습니다. 그러나 고양이는 전혀 바뀌지 않았습니다. 프리흐는 여전히 돌 그대로였습니다. 위플랄라는 당황해서 다시 한 번 해보았습니다. 그러나 고양이는 역시 돌인 채였습니다.

위플랄라는 필사적으로 작은 손을 이리저리 움직였습니다. 얼마나 열심히 했던지 위플랄라의 눈은 튀어나오고, 작은 이마에는 땀방울이 송송 솟아났습니다. 그러나 아무 효과도 없었습니다. 고양이는 여전히 돌 그대로였습니다.

"어머, 요술이 안 되잖아."

넬라 델라가 울먹이는 듯한 목소리로 말했습니다.

"안되네요."

위플랄라는 풀이 죽어서 말했습니다.

"요술이 안 돼요. 내가 서툰 것을 알았죠? 가끔은 되지만 그건 우연이에요. 그러니까 금방 안 되고 말아요. 친구들 말이 맞아요. 나는 쓸모없는 애예요."

"이런이런, 골치아프게 됐는걸. 돌이 된 고양이, 요술을 부리지 못하는 위플랄라, 요술이 되다 안 되다 하는 위플랄라……."

브롬 선생은 다시 화를 내기 시작했습니다.

"화내지 마세요!"

넬라 델라와 요하네스가 입을 모아 소리쳤습니다. "어쩔 수 없잖아요. 애, 위플랄라. 하는 수 없잖아. 그렇지? 아마 피곤해서 그럴 거야. 좀 쉬어야겠다. 내일이 되면 분명히 고양이를 원래대로 되돌려놓을 수 있을 거야."

"그렇다고 생각해요. 해볼게요."

위플랄라는 자신없는 듯이 말했습니다.

"자, 차를 마시고 식사를 하자꾸나."

넬라 델라가 요하네스와 함께 식탁을 차리고는 저녁 식사를 준비했습니다. 위플랄라는 인형 의자에 앉히고 탁자 위에 올려주고 플라스틱으로 된 소꿉놀이용 접시와 컵을 쓰게 했습니다. 그리고 나서 버터빵을 잘디잘게 찢어서 땅콩버터를 발라주었습니다.

위플랄라는 점점 기분이 좋아지더니, 마침내 신이 나서 노래를 부르기 시작했습니다.

위플랄라 위플랄라 숲 속
겨울은 따뜻하고 여름은 춥지요
설탕, 커피, 겨자에 후추
위플랄라 위플랄라 숲 속

"이상한 노래구나. 게다가 틀렸어. 겨울은 따뜻하지 않고 여름은 춥지 않잖아. 거꾸로 아니냐?"
브롬 선생이 말했습니다.
"위플랄라 나라는 겨울은 따뜻하고 여름은 추워요."
"그러냐. 그럼, 분명히 남반구에 살고 있는 게로구나."
"우린 남반구에도 북반구에도 살고 있지 않아요. 사실, 이젠 살 곳도 없어요."
그렇게 말하고 위플랄라는 다시 울기 시작했습니다. 작은 눈물이 작은 플라스틱 컵 안으로 똑똑 떨어졌습니다.
"위플랄라, 울지 마. 내가 너를 금방 재워줄게. 너를 위해서 아주 멋진 침대도 만들어줄게. 인형 침대야. 거기서 자도 좋아. 자, 옷을 벗겨줄게."
"내가 할게요."
위플랄라는 말했습니다.

"그리고 내일 아침 식사 후에 고양이를 되돌려 놓아라."
브롬 선생이 말했습니다.
모두들 잠이 들었습니다. 한밤중에 넬라 델라는 얼굴에 작은 손이 닿는 감촉을 느껴 눈을 떴습니다.
"누구니? 어떻게 된 거야?"
"위플랄라예요. 고양이를 원래대로 되돌려 놓았어요. 나는 잠을 잘 수가 없었어요. 계속 생각했어요. 다시 한 번 해봐야겠다구요. 그래서 해봤더니 됐어요."
"아, 잘됐다."
넬라 델라는 휴우, 하고 한숨을 쉬었습니다.
"하지만 고양이는 당신 침대 옆에 앉아 있어요. 난 무서워요."
"위플랄라, 이리 오렴."
넬라 델라는 잠옷 소매 안에 위플랄라를 집어넣었습니다. 위플랄라는 거기에서 동그랗게 몸을 구부리고는 이내 평온하게 잠이 들었습니다.

2. 돌이 된 시인

"그만해둬, 이젠 질렸다! 봐라, 탁자 위에 있는 건 아이스크림 아니냐? 맛있는 스튜가 아니란 말이다."

브롬 선생은 호통을 쳤습니다.

넬라 델라와 요하네스는 힘없이 고개를 숙였습니다.

"위플랄라를 집에 있게 하는 것은 허락해주겠다. 하지만 이런 괴상야릇한 요술만은 안 부렸으면 좋겠구나!"

브롬 선생은 화가 나서 고함을 질렀습니다.

넬라 델라는 아침 식사로 양파와 고기를 넣은 스튜를 만들었습니다. 그런데, 모두가 탁자에 앉았을 때 갑자기 요하네스가,

"난 스튜 따위 싫어. 아이스크림을 먹고 싶어."

하고 말하자, 장난꾸러기 위플랄라가 접시에 담긴 따뜻한 스튜를 몽땅 바닐라 아이스크림으로 바꿔버렸던 것입니다. 그래서 먹

을 것은 아이스크림밖에 없게 되었습니다. 아이들은 아주 기뻐했지만 브롬 선생은 아침부터 쭉 책을 쓰느라 배가 무척 고팠으므로 맛있고 영양 만점인 음식을 먹고 싶었던 것입니다. 아이스크림만으로는 고픈 배를 달랠 수 없겠지요.

"이걸 따뜻한 스튜로 되돌려놔라. 지금 당장!"

선생은 말했습니다.

위플랄라는 인형 의자에 앉아 탁자 위에 올려져 있었습니다. 식사 때에는 언제나 이렇게 하기로 했거든요. 위플랄라는 아이스크림이 들어 있는 커다란 냄비 위에서 작은 두 손을 불안하게 움직였습니다. 아이스크림이 녹색이 되었습니다. 따뜻해지면서 김이 무럭무럭 솟아나기 시작했습니다. 모두들 코를 벌름거리며 냄새를 맡았습니다. 냄비에 든 것은 양배추와 버섯감자범벅으로 바뀌어 있었습니다.

"이게 스튜냐?"

브롬 선생은 소리를 질렀습니다.

"아뇨, 양배추예요. 저절로 그렇게 되어 버렸어요. 난 역시 생각대로 요술을 못 부려요. 가끔 생각했던 것하고 완전히 다르게 되어 버리거든요."

위플랄라가 대답했습니다.

"흐음, 뭐, 됐다. 양배추라도 먹어야겠다. 아이스크림보다는 낫겠지. 하지만, 앞으로는 절대로 요술을 부리면 안 된다, 위플랄라. 너는 여기서 살아도 좋아. 우리가 잘 돌봐줄게. 하지만 그 요술만은 쓰지 말거라. 나는 내 생활이 엉망이 되는 건 싫으니까. 함부로 요술을 부려대면 올바른 생활을 할 수 없게 된단다. 알겠니?”

위플랄라는 참으로 죄송하다는 표정을 지으면서 양배추를 집어 들었습니다. 모두들 말없이 먹었습니다. 맛있어 보이던 아이스크림은 온데간데 없었습니다.

그때 문이 열리고 이웃에 사는 아르튀르 홀리데이가 나타났습니다. “안녕하세요?” 그는 불쌍하게 인사를 했습니다.

“안녕하세요, 아르튀르씨. 양배추와 버섯감자범벅 좀 드시렵니까?” 브롬 선생이 물었습니다.

“아, 물론이죠.” 아르튀르가 대답했습니다.

아르튀르 홀리데이는 시인으로, 지금까지 시집을 147권이나 썼습니다. 하지만 홀리데이의 시를 읽어주는 사람도, 책을 사주는 사람도 없어서 홀리데이는 가난했고 언제나 배가 고팠습니다.

“아, 홀리데이 아저씨. 마침 잘 오셨어요. 앉으세요. 함께 드시죠. 제가 접시를 가져올게요.”

넬라 델라가 말했습니다.

아르튀르 홀리데이는 의자에 앉았습니다.

“어, 저건 뭡니까!”

홀리데이는 탁자 위의 위플랄라를 보고는 깜짝 놀라 뒤로 물러났습니다.

“저, 저건……, 뭡니까?”

“위플랄라예요, 홀리데이 아저씨. 얘, 위플랄라. 이 분은 아르튀르 홀리데이씨야. 아주 훌륭한 시인이란다."

요하네스가 대답했습니다.

넬라 델라는 홀리데이에게 접시를 건네주었습니다. 그러나 홀리데이는 접시를 손에 든 채로 눈을 동그랗게 뜨고 위플랄라를 바라보고 있었습니다.

"진, 진짜 꼬마 도깨비다."

홀리데이는 말을 더듬었습니다.

"나는 꼬마 도깨비가 아니에요. 나는……."

위플랄라가 말을 꺼내기 시작했습니다.

그러나, 홀리데이는 듣고 있지 않았습니다. 그는 기쁜 듯이 싱글벙글 웃었습니다.

"너는 꼬마 도깨비야. 나는 오랫동안 진짜 꼬마 도깨비를 보고 싶다고 생각했어. 꼬마 도깨비 한 명을 갖고 싶다고 말이야. 너를 우리집으로 데려가서 내 서랍에 넣어둬야겠다. 넌 내 거야."

그렇게 말하며 홀리데이는 위플랄라를 향해 손을 뻗었습니다.

"싫어, 싫어, 싫어요. 가기 싫어요!"

위플랄라가 커다란 소리로 울부짖었습니다.

"너를 데리고가서……."

홀리데이가 여기까지 말했을 때 갑자기 손이 딱딱해졌습니다. 홀리데이의 웃는 얼굴도, 눈도 움직이지 않게 되었습니다. 한 손에 접시를 들고, 다른 한 손을 앞으로 뻗은 채로 홀리데이는 자리에 앉아 있습니다. 돌로 변해버린 것입니다. 홀리데이는 돌시인이 되어 버린 것이었습니다.

"야, 위플랄라."

요하네스가 말했습니다.

"뭐야, 위플랄라. 또 했구나."

넬라 델라도 말했습니다.

"어이구, 이런. 지금 막 요술을 부리지 않겠다고 하지 않았니, 위플랄라. 왜 말을 안 듣는 거냐!"

브롬 선생이 소리쳤습니다.

"하지만, 이 사람은 나를 데리고 가려고 했잖아요. 나쁜 사람이에요. 그래서 돌로 만든 거예요."

"홀리데이 아저씨는 나쁜 사람이 아니야. 시인이고, 아주 친절하고 좋은 분이란다. 위플랄라, 홀리데이 아저씨를 원래대로 되돌려놓아야 해."

"과연 제대로 될까? 지금 바로 홀리데이씨를 원래대로 되돌려놓을 수 있을려나."

브롬 선생은 불만스러운 듯이 말했습니다.

위플랄라는 두 손을 기묘한 모양으로 움직였습니다. 그러나 홀리데이에게는 어떤 효과도 나타나지 않았습니다.

돌시인은 양배추를 앞에 두고 딱딱하게 굳어서, 이상하게 웃는 얼굴을 한 채로 앉아 있었습니다.

"맙소사, 돌이 된 아르튀르 홀리데이가 우리집에 눌러앉게 되었구나. 이를 어쩌면 좋으냐."

브롬 선생은 말했습니다.

"일단은 식사를 마치자구요. 한 시간쯤 지나면 위플랄라가 분명히 멋지게 요술을 부릴 거예요."

요하네스가 말했습니다.

세 사람은 묵묵히 양배추를 먹었습니다.

그 날 오후 내내 위플랄라는 돌이 된 홀리데이를 되살리기 위해 몇 번이나 애를 썼습니다. 그러나, 위플랄라가 아무리 열심히 해도 요술은 되지 않았습니다. 홀리데이는 여전히 돌인 채였습니다.

저녁을 먹고나서 브롬 선생이 말했습니다.

"홀리데이씨를 구석으로 옮기는 게 낫겠다. 여기에 앉아 있으면 걸리적거릴 테니까."

세 사람이 힘을 합쳐 가엾은 홀리데이를 끌어당기려 했을 때였습니다. 현관문이 열리더니 에밀리아 홀리데이가 들어왔습니다. 에밀리아는 아르튀르 홀리데이의 누이동생으로, 역시 이웃집에 살고 있었습니다.

"혹시 오빠가 오지 않았었나요?"

에밀리아가 물었습니다. 에밀리아는 석상을 보고 앗, 하고 비명을 질렀습니다.

"저건 뭔가요? 저 사람은……. 대체 무슨 일이 있었던 거죠?"

에밀리아는 걱정스럽게 소리쳤습니다.

"저기, 에밀리아. 걱정말아요. 조금만 기다리면 모든 것이 잘될 것 같으니까요."

브롬 선생이 말했습니다.

"하지만, 오빠는……, 저건 석상이잖아요!" 에밀리아는 소리쳤습니다.

"그래요. 홀리데이 아저씨는 돌이 되고 말았지요."

넬라 델라와 요하네스가 말했습니다.

"어떻게 이렇게 되어버린 거죠?"

에밀리아는 엄한 목소리로 물었습니다.

"그게, 그러니까 말이죠……. 저도 잘 모르겠는데요."

브롬 선생은 서둘러 위플랄라를 주머니 속에 숨겼습니다. 선생은 아까부터 일어난 일을 정직하게 에밀리아에게 털어놓기 싫었습니다. 싫기만 한 것이 아니었습니다.

꼬마 도깨비의 존재는 모르는 것이 에밀리아를 위해서도 좋다고 생각했습니다. 혹시 잘 설명하더라도 에밀리아가 이해해줄 리가 없다고 생각했기 때문이었습니다.

"제 생각에는요, 홀리데이씨가 배가 너무나 고파서 이렇게 된 것 아닐까 합니다. 에밀리아, 당신은 홀리데이씨에게 충분한 식사를 제공하고 있지 않았지요? 그래서 홀리데이씨는 몸이 딱딱해지고 만 것입니다."

브롬 선생은 말했습니다.

"배가 고파서라구요? 맙소사." 에밀리아는 훌쩍였습니다. "우리가 언제나 배를 곯고 있는 건 알고 있어요. 우리 남매는 둘 다 마치 꼬챙이처럼 말랐죠. 하지만, 정말로 그것 때문이라고 말씀하시는 건가요? 배가 고프기 때문이라뇨. 도대체 그런 일이 있을 수 있나요?"

"있고말고요. 분명히 그렇습니다."

"그럼, 저는 오빠를 어떻게 해야 해요?"

"이곳에 계시게 하면 어떻겠습니까? 이곳에 계셔도 전혀 방해되지 않으니까요."

"싫어요. 제가 집으로 모시고 돌아가겠어요. 현관 안에 놓아두겠어요." 에밀리아는 아주 단호하게 말했습니다.

"정말 모시고 돌아가고 싶으십니까?"

"그렇게 걱정하지 않으셔도 돼요."

그렇게 말하고, 에밀리아는 돌이 된 오빠의 몸을 들어올리려고 했습니다. 그러나 너무 무거웠습니다. 홀리데이는 의자에 딱 붙어서 앉아 있었고, 그 의자까지 돌이 되었거든요.

"위플랄라, 움직이지 마라."

브롬 선생은 주머니 안에다 속삭였습니다.

"뭐라구요?"

에밀리아가 따져물었습니다.

"아니, 아무 말도 안했습니다. 자, 당신이 어떻게든 오빠를 모시고 가겠다면 도와드리죠. 넬라 델라, 요하네스. 모두 함께 홀리데이씨를 들어올리자꾸나."

네 사람은 힘을 합쳐서 홀리데이를 현관까지 질질 끌고 갔습니다. 낑낑대며 석상을 들쳐메고 현관문에 겨우 도착했습니다. 현관문을 통과하기는 쉽지 않았습니다. 정말이지 엄청나게 힘든 일이었습니다. 그러나, 드디어 거리로 나왔습니다.

비틀거리면서 네 사람은 석상을 운반했습니다. 돌이 된 아르튀르 홀리데이는 얼마나 무거웠을까요. 바로 옆집까지 나르는 것뿐인데, 네 사람은 완전히 쩔쩔매고 있었습니다. 그래서 석상을 길 한가운데 내려놓고 잠깐 쉬어야 했습니다.

"호오, 그건 뭡니까? 석상인가요?"

하는 목소리가 들렸습니다. 네 사람은 얼굴을 들었습니다.

시장님이었습니다. 시장님은 산책 도중에 때마침 그곳을 지나가던 길이었습니다.

"석상입니까?" 시장님은 말을 걸었습니다. "그런데, 저는 석상에 관해선 아무 것도 들은 것이 없는데요. 어라? 이건 우리 마을의 시인 아닙니까? 아르튀르 홀리데이씨로군요. 이건 대단한 작품인데요. 정말로 진짜와 똑같네요. 이걸 누가 만들었습니까?"

"그, 그건, 이 마을 사람이 아닙니다."

브롬 선생이 말했습니다.

"아르튀르 본인이에요······."

에밀리아가 말을 꺼냈지만 넬라 델라와 요하네스가 그녀의 말을 끊고는 다음 말을 못하도록 다급하게 이야기를 시작했습니다.

"참 아름다운 석상이죠? 저희도 아주 기뻐하고 있답니다."

두 사람은 말했습니다.

"여기 작은 광장에 놓아두면 좋겠군요. 그래요, 바로 이 부근은 어떻습니까? 그러면 제가 제막식을 거행하겠습니다."

시장님은 싱글벙글했습니다. 왜냐하면 시장님은 제막식을 아주 좋아했거든요.

"시트를 가져오시죠. 큰 침대 시트를요."

시장님은 에밀리아에게 말했습니다.

당황한 에밀리아는 곧바로 시장님 말씀을 듣고 집안으로 뛰어들어가 시트를 안고 나왔습니다.

"호오, 이제 됐습니다. 자, 여기에 석상을 놓지 않겠습니까? 저를 좀 도와주십시오."

시장님이 말했습니다.

브롬 선생과 아이들은 후우후우- 하고 숨을 헐떡이며 시장님이 가리키는 곳에 석상을 놓았습니다.

"자, 석상에 시트를 씌워 주십시오. 저는 곧 마을 홍보 담당자에게 명령해서 우리 마을의 유명한 시민이자 시인인 아르튀르 홀리데이의 석상 제막식이 오늘밤 이곳에서 열린다는 것을 사람들에게 알리도록 하지요."

*

7시 5분 전이었습니다. 광장은 사람들로 가득 찼습니다. 모두들 흥분해서 왁자지껄 떠들고 있었습니다.

"누구 석상이래요?"

한 남자가 물었습니다.

"시인 아르튀르 홀리데이의 석상이에요."

"그런 시인은 들어본 적이 없는데요."

그 남자는 말했습니다.

"어머나. 홀리데이는 유명한 시인이에요. 유명하고말고요. 당신은 홀리데이의 시를 읽어본 적이 없나요? 꼭 읽어보세요. 정말 멋지다구요."

"유명한 시인 아르튀르 홀리데이. 드디어 홀리데이의 석상이 완

성되었단 말이지."

사람들은 속삭였습니다.

브롬 선생과 넬라 델라와 요하네스도 사람들 틈에 끼여 있었습니다. 위플랄라는 브롬 선생의 주머니 안에 있었습니다.

"위플랄라. 꼼지락거리지 말고 조용히 있어라."

브롬 선생이 위플랄라에게 살짝 주의를 주었습니다. 시장님이 왔습니다. 시장님은 작은 단상 위로 올라갔습니다. 그 단상은 그날 오후에 준비시켜 둔 것이었습니다. 모두 조용해졌습니다.

"시민 여러분."

시장님은 자못 진지하게 말하기 시작했습니다.
"오늘은 중요한 날입니다. 우리 마을의 위대한 시인 아르튀르 홀리데이의 석상 제막식이 거행되려 하고 있기 때문입니다. 마침내 그 시간이 왔습니다. 여러분은 모두 이 위대한 시인의 시집을 갖고 계시겠지요. 그리고 날마다 애독하고 계시리라 저는 믿고 있습니다."

광장에 모여든 사람들은 찔끔찔끔 발을 움직이며,
"그래요, 그래요." 하고 중얼거렸습니다.
"그럼, 제가 이 시트를 벗기겠습니다."

시장님은 단숨에 시트를 잡아당겼습니다. 아르튀르 홀리데이가 한쪽 손에 접시를 들고 다른 한 손을 앞으로 뻗은 모습으로 의자에 걸터앉아 있었습니다.

"신사숙녀 여러분, 여기 이 빈 접시를 보십시오. 이것은 지금 이 세상에서 시인이라는 존재가 어떤 대접을 받고 있는지를 말해주고 있습니다. 텅 빈 접시, 고픈 배, 굶주림, 아무도 인정해주지 않는……."

듣고 있던 여자들 중에는 울음을 터뜨리는 사람도 있었습니다. 에밀리아는 계속해서 흐느끼고 있었습니다.

"만세, 만세. 훌륭해! 정말이지 훌륭한 조각이다!"

사람들은 소리쳤습니다.

"훌륭하다뿐인가. 실물과 조금도 다르지 않군요." 어느 노신사가 말했습니다. "나는 바로 저기 모퉁이에 살고 있어서 홀리데이씨를 잘 알고 있는데요. 코는 별로 잘 만들어진 것 같지 않군요. 그의 코는 좀더 길지요. 그런데 참, 홀리데이씨는 지금 어디에 계십니까?"

노신사가 에밀리아에게 물었습니다.

"오, 오빠는, 여행을 떠났어요."

에밀리아는 더듬거리면서 말했습니다.

그때, 브롬 선생의 윗도리 주머니에 숨어 있던 위플랄라가 아주 심하게 날뛰었습니다.

"왜 그러니?"

선생은 머리를 옆으로 기울여 위플랄라의 목소리를 들으려 했습니다.

"지금이라면 홀리데이씨를 되돌려 놓을 수 있을 것 같아요."

위플랄라가 말했습니다.

"지금은 안되는데. 잠시 동안 홀리데이씨는 돌인 채로 있는 것이 좋을 것 같아. 잠깐 홀리데이씨를 그냥 두자꾸나."

브롬 선생이 말했습니다.

제막식이 끝났습니다. 사람들은 집으로 돌아갔습니다. 브롬 선생과 두 아이들과 위플랄라도 집으로 돌아갔습니다.

서점 앞에 갔을 때 요하네스가 말했습니다.

"와아, 사람이 엄청 모여들어 있어요."

1백 명 정도의 사람이 서점 안으로 들어가려고 밀치락달치락하고 있었습니다.

"아르튀르 홀리데이의 시집을 사려는 사람들이야." 브롬 선생은 중얼거렸습니다. "이제 홀리데이는 진짜로 유명한 사람이야. 저 사람들은 지금까지 홀리데이의 시를 읽은 적이 없어서 부끄러운 거야. 보렴, 가게에서 나오는 사람은 모두 홀리데이의 책을 들고 있잖니."

정말로 그 말대로였습니다. 그리고 1주일 동안 많은 사람들이 홀리데이의 시집을 사려고 서점으로 몰려들었습니다. 서점 창문에는 홀리데이의 책이 잔뜩 진열되었습니다. 아르튀르 홀리데이에 관한 강연회도 열렸고 라디오는 아르튀르 홀리데이의 이야기를 방

송했습니다. 신문사라는 신문사의 기자들은 모두들 홀리데이의 집으로 우르르 몰려와서 여동생 에밀리아에게,

"오빠는 지금 어디 계십니까?"

하고 물었습니다.

"외국에 계세요."

에밀리아는 딱 잘라 말했습니다.

"어느 나라에 계십니까? 홀리데이씨와 인터뷰를 하고 싶은데요. 사진도 찍고 싶구요. 텔레비전에도 출연해 주셨으면 합니다."

"미안하지만, 오빠는 여기 안 계세요."

그래서 기자들은 대신에 에밀리아의 사진을 찍었습니다. 신문에는 젊은 시절 아르튀르 홀리데이의 사진을 잔뜩 싣는 것으로 대신했습니다.

2, 3일이 지났습니다. 에밀리아가 브롬 선생을 찾아왔습니다. 넬라 델라는 재빨리 위플랄라를 서랍 속에 숨겼습니다.

"에밀리아, 잘 지냈어요?"

"정말 너무해요. 불쌍한 오빠는 돌이 되어버리더니 이제는 우박을 맞고 있어요!"

에밀리아는 훌쩍훌쩍 울었습니다.

"하지만 오빠는 느끼지 못할 겁니다. 돌이니까요."

브롬 선생은 에밀리아를 위로했습니다.

"그렇지요. 하지만 저는 오빠가 없어서 너무나 쓸쓸해요. 어떻게 해야 좋을지요. 배가 고파서 오빠는 돌이 되어 버렸잖아요. 저

는 날마다 이런 생각을 한답니다. 만약 오빠가 살아 있는 동안에 이렇게 된 것을 볼 수 있었다면 돌이 되지는 않았을 거라고요."

"이런 일이라뇨?"

"오빠의 책이 엄청나게 팔리고 있어요. 오빠의 책이란 책은 몽땅 지금까지 인쇄되었던 걸로는 모자라서 계속해서 다시 찍어야 할 지경이랍니다. 덕분에 제게는 돈이 잔뜩 들어왔지요. 이젠 원하는 만큼 먹을 걸 살 수 있어요. 하지만 오빠는 뭘 얻게 되죠? 아무것도 없잖아요. 오빠는 돌인 걸요."

"하지만 홀리데이 아저씨는 곧 다시 살아나실 거예요."

넬라 델라가 말했습니다. 넬라 델라는 에밀리아가 가엾어서 견딜 수 없었습니다.

"어머, 어째서? 왜 그렇게 생각하니?"

에밀리아는 물었습니다.

"아니, 그냥, 그런 생각이 들어요……."

넬라 델라는 당황해서 말했습니다.

"어쩌면, 밤중에 오빠의 접시에 먹을 것을 놓아두면 좋을지도 모르겠군요. 나라면 매일 밤 오빠의 접시에 오트밀죽이나 완두콩을 놓아두겠어요."

브롬 선생이 말했습니다.

"왜 완두콩이 좋은데요?"

"아니면 완두콩이나 양배추를 곁들인 포크찹도 좋겠죠. 내 말은, 그렇게 하는 것이 도움이 될지도 모른다는 겁니다. 하지만 낮에는 하지 마세요. 누군가 먹을 것을 훔쳐가 버릴지도 모르니까요. 밤에 해보십시오."

"해볼게요."

에밀리아는 한숨을 쉬면서 나갔습니다.

위플랄라는 서랍에서 꺼내지자 말했습니다.

"홀리데이씨를 원래대로 돌려놓을 수 있을지 없을지 해볼까요? 지금 당장요."

"그래, 해보렴."

"해줘."

넬라 델라와 요하네스가 말했습니다.

"하지 말거라." 선생이 말렸습니다. "있잖아, 얘들아. 앞으로 몇 주 동안 홀리데이씨를 그대로 두는 것이 더 좋을 것 같구나. 이제 사람들이 홀리데이씨를 알아보고 있잖니. 신문에 사진도 실리고 말이야. 그 사람은 하루하루 점점 더 유명해지고 점점 더 돈이 들어오고 있어. 지금 누이동생은 견딜 수 없는 기분이겠지. 하지만, 오빠가 살아 돌아왔을 때의 일을 생각해보렴. 유명해져 있을수록 누이동생의 기쁨도 한층 더 커지지 않겠니?"

"아빠 말씀이 맞아요."

넬라 델라가 말했습니다.

3. 궁전같은 레스토랑

날마다 넬라 델라는 시장 바구니를 들고 아르튀르 홀리데이의 석상 앞으로 갔습니다. 바구니 안에는 위플랄라가 보자기를 폭 뒤집어쓰고 숨어 있었습니다. 넬라 델라와 위플랄라가 석상이 있는 곳에 가는 것은 언제나 어두컴컴해진 뒤였습니다. 그 무렵이 되면 광장에는 사람이 거의 없었거든요.

"자, 다 왔어. 위플랄라, 잘 해봐."

넬라 델라는 조용히 속삭였습니다.

위플랄라는 바구니에서 작은 머리를 쏙 내밀고 작은 두 손으로 바구니 테두리를 꽉 붙잡습니다. 바구니를 기어올라가서 가장자리에 앉습니다. 그리고나서, 재빨리 주위를 둘러보고 아무도 없는 것을 확인하고는 가냘픈 목소리로 뭐라고 중얼거리면서 손가락을 움직이곤 하는 것입니다.

두 사람이 이런 일을 되풀이하고 있는 것은 가엾은 아르튀르 홀리데이를 어떻게 해서든지 피와 살로 된 보통 사람으로 되돌려 놓고 싶다는 생각에서였습니다. 하지만 위플랄라는 날마다 실패했습니다.

"이제 알겠죠? 난 요술을 못 해요."

위플랄라는 괴로워서 견딜 수 없다는 얼굴을 했습니다.

"하지만 너는 홀리데이 아저씨를 돌로 변하게 했잖아. 그때는 꽤 잘 했는데."

넬라 델라는 말했습니다.

"그래요." 위플랄라는 한숨을 쉬었습니다. "그러니까 거꾸로 돌에서 인간으로 되돌려 놓아야만 하는 거예요. 하지만 이 사람을 원래대로 되돌려놓는 건 너무 힘들어요. 아직도 손톱만큼도 움직이지 않나요?"

"안 움직이는데. 완전히 실패야."

"미안하지만 안 되겠어요. 더이상 못하겠어요. 난 정말 쓸모 없는 애예요."

위플랄라는 훌쩍훌쩍 울기 시작했습니다.

"위플랄라, 울지 마."

넬라 델라는 위플랄라의 작디작은 눈물을 손수건으로 닦아주었습니다. 그리고, 위플랄라를 다정하게 바구니 안에 넣어주고 그 위에 보자기를 덮어씌웠습니다.

"언젠가는 너도 분명히 잘하는 날이 올 거야. 네가 홀리데이씨를 돌로 바꾼 것은 겨우 2주일 전이잖아. 자, 오늘은 이만 집으로 돌아가자."

*

"어떻게 됐니? 잘됐니?"
두 사람이 집으로 돌아오자 브롬 선생이 물었습니다.
"아뇨, 또 실패했어요." 위플랄라가 바구니에서 기어나오면서 대답했습니다. "내 친구 위플랄라들이 더 이상 나랑 같이 지내고 싶어 하지 않는 것도 당연해요. 친구들은 나를 바보라고 생각하고 있어요."

그러자, 지금까지 자동차를 갖고 놀고 있던 요하네스가 끼여들었습니다.

"위플랄라, 여러 번 연습해보면 되잖아. 집에 있는 작은 물건들부터 요술을 걸어보는 거야."

"그건 안 된다." 브롬 선생이 놀라서 소리쳤습니다. "아빠는 요술은 싫다. 그리고 어설픈 요술은 더더욱 싫어. 홀리데이씨 때문에 이렇게 골치가 아픈데 너희는 아직도 요술에 질리지 않았니? 그 사람은 정말 가엾어. 석상이 된 채로 벌써 2주일이나 저 광장에 서 있잖아."

"하지만, 홀리데이 아저씨로서는 석상이 된 것도 그렇게 나쁜 일인 건 아니라고 아빠가 말씀하셨잖아요. 덕분에 홀리데이 아저씨 책이 많이 팔리게 되었다고 아빠는 언제나 말씀하시잖아요."

"그래. 네 말이 맞다. 하지만 누이동생인 에밀리아가 가엾잖니. 그렇게 슬퍼하고 있는데."

"어머나, 에밀리아 아줌마가 와요. 위플랄라, 숨어. 저 사람한테 들키면 안돼."

넬라 델라가 속삭였습니다. 위플랄라는 탁자 위에 놓여 있던 하늘색 찻주전자 커버 밑으로 기어들어갔습니다.

"안녕하세요, 에밀리아?"

브롬 선생이 말했습니다.

"잘 지내셨어요, 에밀리아?"

넬라 델라와 요하네스도 말했습니다.

에밀리아 홀리데이는 눈이 새빨갰고, 몹시 울어서 눈이 퉁퉁 부어 있었습니다. 오빠가 그렇게 되어 버린 것이 슬퍼서 견딜 수 없는 것이겠지요. 에밀리아는 탁자 옆에 앉더니 휴우, 하고 긴 한숨을 쉬었습니다.

"오빠는 다시 원래의 인간이 될 수는 없는 걸까요? 정말이지 믿기지가 않아요. 저렇게 딴딴해져 버리다니. 언제나 그토록 부드럽던 오빠였는데 말이에요."

"어, 어떻게 되었다구요, 딴딴해지다니요?"

요하네스가 물었습니다.

"돌이니까 당연히 딴딴하지. 매일 아침 저는 오빠를 보러 가요. 그리고 오빠의 무릎이랑 팔에 손을 대보죠. 오빠는 벽돌처럼 딱딱

하고 얼음처럼 차가워요. 그때마다 저는 '이건 내 오빠가 아니야. 그리고 이것은 다시 내 오빠가 될 수 없을 거야' 하고 생각해요."

세 사람은 에밀리아를 진심으로 가엾게 생각했습니다. 말할 수 있다면 이렇게 말해주고 싶다고 생각했습니다.

'에밀리아, 걱정하지 말아요. 곧 어떻게든 될 거예요. 이제 곧 위플랄라가 요술을 써서 오빠를 원래대로 되돌려놓아 줄 거예요.'

하지만 그것을 입 밖에 내서 말할 수는 없었습니다. 위플랄라를 에밀리아에게 보여서는 안 되니까요. 에밀리아가 위플랄라를 본다면 어떻게 될까요? 위플랄라가 자기 오빠에게 요술을 걸었다는 것을 알면 어떻게 될까요? 에밀리아는 벌컥 화를 내며 위플랄라에게 나쁜 짓을 하겠지요. 하지만, 다행히도 에밀리아는 아무 것도 몰랐습니다.

"나도 차라리 돌이 되고 싶어요."

에밀리아는, 한숨을 쉬었습니다.

"당신이 돌이 되다니! 왜 그런 말을 하나요?"

브롬 선생이 물었습니다.

"돌이 되면 오빠와 나란히 서 있을 수 있잖아요."

"하지만, 지금도 당신만 원한다면 오빠와 나란히 서 있을 수는 있잖습니까."

그녀는 흐느껴 울었습니다.

"그렇기야 하죠. 요즘 저는 매일 혼자서 집에 돌아가서 혼자서 밥을 먹어야 해요. 신문을 읽을 때도, 라디오를 들을 때도, 차를 마실 때도, 언제나 외톨이예요. 하지만, 제가 돌이 되면 언제까지나, 1백 년 이상의 세월을, 비가 오는 날이건 바람이 부는 날이건 오빠와 나란히 서 있을 수 있잖아요. 그렇게 되는 것이 지금의 저보다 훨씬 행복할 거예요. 더 이상 외롭지도 않을 거구요. 차라리 돌이 되어버리고 싶어요."

요하네스는 위플랄라가 찻주전자 아래에서 절반쯤 기어나온 것을 보았습니다. 요하네스는 에밀리아가 그렇게 원한다면 돌로 변하게 해줘야겠다고 위플랄라가 생각하고 있다는 것을 알았습니다.

"안돼, 안돼. 가만히 있어. 움직이면 안돼."

요하네스가 조마조마해서 속삭였습니다. 위플랄라는 찻주전자 아래로 숨어들어갔습니다. 아슬아슬한 순간에 들키지 않고 끝났습니다.

"누구한테 말을 하고 있니?"

에밀리아는 눈을 동그랗게 떴습니다.

"저, 저기, 고양이 프리흐한테요."

요하네스는 허둥지둥하면서, 대답을 했습니다.

"하지만 너네 고양이는 밖에 있지 않니? 조금 전에 길거리에서 프리흐를 봤는데."

에밀리아는 말했습니다.

브롬 선생이 거들어 주었습니다. 선생은 에밀리아의 어깨에 손을 얹고 말했습니다.

"에밀리아, 정말로 유감입니다. 하지만, 이것은 단지 일시적인 문제라고 우리는 믿고 있습니다. 그러니까, 조금만 더 기다리면 오빠는 다시 사람으로 돌아와서 예전처럼 마을을 걸어다닐 수 있게 되리라 생각합니다. 하지만, 지금의 당신은 정말로 외톨이지요. 저기, 어떻습니까? 우리와 함께 시내로 나가서 저녁식사를 하지 않을래요? 그러면 조금은 기분이 나아질 겁니다."

하지만, 에밀리아는 고개를 가로저었습니다.

"친절은 고맙습니다. 저도 함께 가고 싶어요. 하지만, 전 역시 집에 돌아가는 것이 좋겠어요. 집에 돌아가면 창가에 앉아서 돌이 되어 버린 가엾은 오빠를 바라볼 수 있으니까요. 식사를 하면서 가끔씩 오빠를 보면서 고개를 끄덕여줄 수도 있지요. 오늘 저녁 메뉴는 포크찹이에요. 오빠가 아주 좋아하는 음식이었지요. 하지만, 오빠가 살아 있을 때에는 돈이 없어서 해줄 수가 없었어요. 지금은 오빠 책이 많이 팔려서 돈이 있으니 포크찹을 먹을 수 있는데 가장 중요한 오빠가 살아 있지 않다니."

에밀리아는 코트를 집어들고 나갔습니다. 뒤에 남은 세 사람은 깊은 슬픔에 잠겼습니다.

"가엾어라. 저 사람도 돌이 되게 해주는 게 나았을지도 모르겠네요. 돌이 되어버리면 오빠 곁에 서 있을 수 있잖아요."

위플랄라가 말했습니다.

"이런이런, 너는 내가 해도 된다고 말할 때 말고는 요술을 부리면 안돼. 알겠지? 요술을 부리고 싶어지면 먼저 나한테 물어봐라. 위플랄라, 약속할 거지?"

브롬 선생은 다짐했습니다. 위플랄라는 머뭇거렸습니다.

"약속은 하겠지만요, 그 약속을 잘 지킬 수 있을지는 모르겠어요. 왜냐면요, 아빠. 나는 평범한 사람의 아이가 아니잖아요. 우리들 위플랄라가 재미있는 일을 하는 건 위플랄라의 피가 시키는 일이거든요."

위플랄라가 브롬 선생을 '아빠' 라고 불렀기 때문에 선생은 좋아서 얼굴이 빨개졌습니다. 위플랄라에게 아빠라고 불리는 것은 정말로 기분이 좋았으므로 선생은 갑자기 기분이 확 바뀌고 말았습니다.

"그런데 얘들아, 막 생각이 났는데 말이다. 아빠는 오늘은 더 이상 일을 하지 않겠다. 시내에 나가서 식사를 하면 어떨까? 에밀리아와 함께 갈 수는 없지만, 우리끼리라도 외출하자꾸나."

"만세!"

아이들은 소리쳤습니다.

"레스토랑에서 맛있는 걸 먹자."

브롬 선생은 말했습니다.

"위플랄라는 어떡해요? 데려가도 될까요?"

넬라 델라가 물었습니다.

"좋고말고. 하지만 핸드백에 넣어서 가야 해. 위플랄라는 핸드백 안에 있어야 한단다. 물론 레스토랑에 있는 동안에도 말이야."

"핸드백 안이라고요? 그럼 위플랄라는 아무 것도 못 보잖아요."

"그렇지. 하지만 어쩔 수 없잖니. 위플랄라 같은 난쟁이를 데리고 레스토랑에 갈 수는 없으니까. 그랬다간 가게 안에 있는 사람들이 모두 위플랄라를 보게 되잖아. 아마 우리에게서 위플랄라를 빼앗아서 박물관에 가둬둘지도 몰라."

"그건 싫어요."

위플랄라는 소리쳤습니다.

"좋은 생각이 있어. 나한테 안에 플라스틱 창이 달린 핸드백이 있어. 정말 멋지고 작은 창이야. 위플랄라, 너를 그 핸드백에 넣어서 갈게. 거기에서 내다보면 너는 뭐든지 볼 수 있지만, 다른 사람들은 네가 안 보일 거야. 왜냐하면 숙녀의 핸드백 속을 엿보려는 사람은 없을 테니까."

그렇게 말하면서 넬라 델라는 새침하게, 숙녀다운 얼굴을 지어 보였습니다.

*

이렇게 해서 한 시간 뒤에 세 사람은 버스에 앉아 있었습니다. 짙은 감색 신사복을 차려입은 브롬 선생은 아주 멋있었습니다. 요하네스는 예쁜 스웨터를 입었고, 넬라 델라는 손에 작은 핸드백을 들고 셋이 나란히 걸었습니다. 핸드백은 빨간 삼베로 되어 있었고, 한가운데 작은 플라스틱 창이 달려 있었습니다. 바로 그 창 뒤에 위플랄라가 앉아서 바깥을 내다보고 있었습니다.

세 사람은 공원 앞에서 내렸습니다.

"와아, 저기서 먹어요!"

넬라 델라가 공원 가까이에 있는 커다랗고 하얀 호텔을 손가락으로 가리켰습니다. 호텔은 엄청나게 크고 아름답고 호화스러워서 마치 궁전같았습니다.

"말도 안돼. 저기는 엄청 비싸단다. 아무리 뭐라 해도 너무 호화로워. 들어갈 수 없어."

브롬 선생은 한숨을 쉬었습니다.

"하지만, 우리는 좀처럼 시내에서 식사를 하지 않잖아요. 한 번이라도 좋으니 저렇게 멋진 곳에 들어가보고 싶어요."

"저기는 너무 사치스러워요. 저렇게 너무 훌륭한 곳은 가고 싶지 않은데요. 아빠, 우린 팬케이크 하우스에나 가요."

요하네스는 말했습니다.

"요하네스, 지난 번 외식 때는 네가 식당을 정했지. 그때, 다음에는 내가 골라도 좋다고 아빠도 너도 약속했잖아."

넬라 델라가 말했습니다.

"그랬었지. 그래, 좋다. 하지만, 위플랄라도 저기 가고 싶은지 물어보렴."

브롬 선생은 말했습니다.

넬라 델라는 핸드백을 열고 위플랄라에게 물었습니다.

"위플랄라, 저 호텔 어때?"

"저긴 임금님이 살고 있어요?"

위플랄라는 흥분해서 물었습니다.

"아니야. 저긴 궁전이 아니고 호텔이야. 안에는 레스토랑이 있단다. 우리는 저기서 식사를 하고 싶어. 너만 좋다면 말이야."

"물론 좋아요."

위플랄라는 찬성했습니다. 넬라 델라는 핸드백을 닫았습니다.

세 사람은 호텔로 들어갔습니다.

4. 난쟁이가 된 세 사람

　세 사람은 대리석 계단을 올라가서 두꺼운 유리로 만들어진 회전문을 지나 커다란 방에 이르렀습니다. 커다란 방에는 금색의 둥근 기둥이랑 멋진 야자나무가 있었습니다. 까만 옷을 입은 수석 웨이터 두 사람이 서서 손님에게 인사를 하거나 미소를 보내고 있었습니다. 신사숙녀들이 탁자를 둘러싸고 앉아 있고, 방은 닭고기 요리랑 향수 같은 좋은 냄새로 가득 차 있었습니다. 한쪽 구석에서는 몇 명으로 구성된 오케스트라가 꿈결 같은 왈츠를 연주하고 있습니다. 커다랗고 새하얀 그랜드 피아노 위에는 글라디올러스를 심은 커다란 분홍색 꽃병이 놓여 있었습니다.
　웨이터 한 명이 기세좋게 구석에서 뛰어왔습니다. 마치 도깨비 상자에서 튀어나오는 듯한 기세였습니다. 웨이터는 브롬 선생을 도와서 코트를 벗기고 선생을 빈 탁자로 안내했습니다. 탁자에는 눈처럼 새하얀 냅킨과 커트글라스 유리잔과 은식기가 놓여 있었습니다.

"멋져요. 음악이랑 조명도 있고."

넬라 델라가 속삭였습니다.

"난, 여기는 너무 점잔빼는 체해서 싫어." 요하네스는 투덜거렸습니다. "탁자에 팔꿈치를 올려도 안 되고, 귓속말로 속삭여야 하잖아. 크게 웃지도 못하고."

"자자, 지금부터 엄청 맛있는 요리를 먹자꾸나. 그런데, 너희는 뭘 먹고 싶니? 옥스테일 스프(소꼬리를 사용한 스프)와 생선 요리와 후식으로 아이스크림. 이렇게 먹을까. 웨이터!"

웨이터가 고개를 숙여 절을 했습니다.

"옥스테일 스프 3인분, 아이스크림 3인분, 그리고 미네랄 워터를 주시오."

브롬 선생이 주문했습니다.

스프가 날라져 왔습니다. 요하네스가 작은 목소리로 소곤거리듯이 말했습니다.

"위플랄라는 어떻게 먹이죠? 탁자 위에 앉혀도 될까요?"

"안 된다. 절대로 안 돼. 사람들이 위플랄라를 보면 곤란하잖니. 핸드백을 탁자 위에 놓거라. 그러면 위플랄라는 뭐든지 볼 수 있을 거야. 넬라 델라, 가방 입구를 열고 위플랄라에게 스프를 주렴. 얘야, 작은 숟가락 갖고 왔지?"

넬라 델라는 핸드백 안으로 작은 숟가락을 가져가서 위플랄라에게 스프를 먹여주었습니다.

"아주 잠깐만이라도 핸드백 밖으로 나가고 싶어요."

위플랄라가 말했습니다.

"안 된다." 브롬 선생이 말했습니다.

"위플랄라, 이제 충분히 먹었니? 그럼 잠깐 핸드백을 닫을게. 저 길 봐, 웨이터가 이쪽으로 오고 있어."

웨이터가 커다란 은접시를 들고 왔습니다. 접시에는 커다란 생선 세 마리가 담겨 있고 그 둘레를 채소와 작은 감자가 에워싸고 있었습니다. 마치 축제 때 먹는 호화로운 성찬처럼 맛있어 보였습니다.

음악은 밝고 즐거웠고 식당에 있는 사람들은 모두들 웃고 떠들고 있었기 때문에 방 안은 떠들썩했습니다. 마침내 요하네스까지 마음이 들떠서 의자에 앉은 채로 춤을 추기 시작하고 말았습니다.

"위플랄라, 생선이야."

넬라 델라는 핸드백 입구를 열고 위플랄라에게 맛있는 음식을 조금씩 넣어주었습니다.

"핸드백 안에 기름이 묻지 않게 조심해줘, 알겠지?"

생선을 먹은 다음 세 사람은 과일과 생크림이 곁들여진 커다란 아이스크림을 먹었습니다. 아이스크림은 절반은 분홍색이고 절반은 녹색이었고, 안에는 잘게 썬 아몬드 조각이 들어 있었습니다. 위플랄라는 아몬드 조각이 목에 걸려서 15분 동안이나 기침을 했습니다. 하지만 운좋게 웨이터들에게 들키지 않고 멎었습니다.

"자, 이걸로 맛있는 식사는 끝이다. 어디 보자, 계산을 해야지. 식당을 나가서 시내를 좀 산책해볼까. 웨이터!"

웨이터가 와서 다시 고개를 숙여 절을 했습니다.

"계산해 주시오."

브롬 선생이 말했습니다.

웨이터는 바쁜 걸음으로 저쪽으로 가더니 곧바로 은쟁반을 가지고 되돌아왔습니다.

쟁반 위에는 계산서가 놓여 있었습니다. 작은 종이쪽지로, 반으로 접혀 있었습니다. 브롬 선생은 종이를 펼쳤습니다. 그 순간, 얼굴이 새파래졌습니다. 그리고 혼자 중얼거렸습니다.

"이럴 수가, 말도 안 돼."

"아빠. 뭐가 말도 안 된다는 거예요?"

요하네스가 물었습니다.

"45길더 75센트(길더는 네덜란드의 옛날 화폐 단위)." 브롬 선생은 낙담해서 말했습니다. "이럴 수가. 이런 큰돈은 없는데. 난 10길더밖에 없단 말이야."

웨이터는 탁자 옆에 서서 끈기있게 기다리고 있었습니다.

넬라 델라와 요하네스는 어이가 없어서 아무 말도 할 수가 없었습니다. 어처구니없는 일이었습니다. 맛있는 음식은 모조리, 깨끗이, 다 먹어치워버렸으므로 돈을 내야만 했습니다. 그런데 아빠는 지불할 돈이 없다고 말씀하시는 거예요. 정말로 무서운 일이었습니다.

"저, 저는 10길더밖에 없는데요."

브롬 선생은 뻣뻣하게 격식을 차리며 서 있는 웨이터를 향해 말했습니다.

이제 웨이터는 고개숙여 절을 하지도, 싱긋 웃지도 않았습니다. 갑자기 화난 산림감독관 같은 무서운 얼굴이 되었습니다.

"메뉴에 씌어진 가격을 읽지 않으셨습니까?"

웨이터는 냉정하게 말했습니다.

"그 음식이 얼마나 비싼지 안 봤소. 까맣게 잊고 있었어요. 10길더는 큰돈이라고 생각했으니까요."

"그럼, 이대로 기다려 주십시오. 매니저를 불러오겠습니다."

웨이터가 가버리자 넬라 델라가 "매니저가 뭐예요?" 하고 물었습니다.

"주인이란다. 이런, 벌써 왔어."

브롬 선생은 말했습니다.

매니저는 웨이터보다 훨씬 더 화를 내고 있었습니다. 무서운 얼굴을 하고, 경멸하는 눈길로 이쪽을 보고 있었습니다.

"대단하시군요! 오늘만 벌써 두 번째예요."

매니저는 말했습니다.

"하지만, 난 오늘 여기에 처음 왔는데요."

브롬 선생은 말했습니다.

"그거야 그렇지요. 하지만, 오늘 오후에도 돈을 지불하지 못한 신사 한 분이 왔었습니다."

"어쩔 수가 없군요. 집에 돈을 가지러 갈 수도 없구요."
브롬 선생이 말했습니다.
"집에 가서 돈을 가져오시겠습니까? 그 동안 자제분들을 저희가 맡아드릴 테니까요."
매니저는 상냥하게 말했습니다.
"하지만, 집에도 돈이 없어요. 내가 가진 돈은 10길더가 전부거든요."
브롬 선생의 얼굴은 붉은 순무처럼 새빨개졌습니다.

"그렇다면, 유감스럽지만 경찰을 불러야겠군요. 이런 일을 당하고 가만히 있을 수는 없지요. 저와 함께 가주실까요?"

매니저가 말했습니다.

브롬 선생과 두 아이는 매니저의 뒤를 따라갔습니다. 세 사람 모두 양처럼 순해져 있었습니다. 세 사람이 끌려간 곳은 작은 사무실이었습니다. 철제 의자가 몇 개 있고, 책상이 하나 놓여 있습니다. 세 사람이 방안으로 들어가자 고약한 매니저는 밖에서 철컥, 하고 문에 자물쇠를 채우고는 경찰을 부르러 가버렸습니다.

넬라 델라는 핸드백을 열고 위플랄라에게 말했습니다.

"얘, 위플랄라. 우리는 식사를 하고 돈을 못 냈어. 그래서 여기 갇혀 버렸단다. 이제 곧 순경 아저씨가 와서 우리들을 감옥에 넣어 버릴 거야."

"걱정마세요. 순경 아저씨 따위는 내가 돌로 만들어 버릴 거야."

위플랄라가 말했습니다.

"안 된다. 요술을 쓰면 안 돼."

브롬 선생이 딱 잘라 말했습니다.

"하지만, 그럼 우리는 감옥에 갇히고 말잖아요. 난 아직 어린아이인데."

요하네스가 훌쩍였습니다.

"죽을 때까지 감옥에 있어야 할지도 몰라."

넬라 델라도 울기 시작했습니다.

"바보 같은 소리 마라. 그런 일은 절대로 없을 거야. 하지만 아마도 경찰서에는 가야겠지. 모두 내 잘못이야. 왜 처음에 가격을 물어보지 않았을까?"

브롬 선생은 슬픈 듯이 말했습니다.

"제가 나빴어요. 이렇게 못된 레스토랑에서 식사를 하고 싶다고 말한 건 저잖아요. 그런데, 그것보다 더 무서운 일이 뭔지 아세요? 경찰은 아마도 제 핸드백 안을 보겠죠. 그리고는 위플랄라를 찾아 내고 말 거예요."

넬라 델라가 말했습니다.

"예에, 뭐라고요? 싫어요. 순경 아저씨가 날 찾아내게 가만히 있을 줄 알아요? 여기서 꺼내주세요."

핸드백 속에서 위플랄라가 소리쳤습니다.

넬라 델라는 핸드백에서 위플랄라를 꺼내주었습니다.

"난 서랍 속에 숨을 거예요. 이 책상 서랍 속으로요. 순경 아저씨에게 끌려가는 건 정말 싫으니까요."

"우리도 서랍에 숨을 수 있으면 좋겠다. 그렇게 되면 멋지겠지? 순경 아저씨가 와도 못 찾구 말야……."

요하네스가 풀이 죽어서 말했습니다.

"그거 좋은 생각인데요."

위플랄라가 말했습니다.

"위플랄라, 너 뭘 하려는 거냐." 브롬 선생의 얼굴이 엄격해졌습니다. "이상한 짓은……." 하고 말을 하다가 말고 선생은 입을 다물고 말았습니다. 몸이 아주 이상한 느낌이 들었거든요. 현기증이 나고 어지럽고, 주변의 모든 것들이 쑥쑥 커지고 있었습니다. 의자가 점점 커졌습니다. 그들이 앉아 있던 책상은 마을 광장만큼 커졌고, 책상 위에 놓여 있던 볼펜은 배의 기둥처럼 되었습니다. 전기 스탠드는 집채만큼 커졌습니다.

브롬 선생은 일어나서 걸어보았습니다. 전기 스탠드 주위를 걸을 수 있었습니다. 넬라 델라와 요하네스도 나란히 걷고 있습니다. 위플랄라는 이제 요하네스와 비슷한 크기였습니다. 네 사람은 같은 몸집이 된 것입니다. 이제 네 사람은 아주 작은 사람이었습니다. 엄청나게 커다란 방에 갇힌, 무지무지하게 넓은 책상 위에 서 있는 난쟁이들이 된 것입니다.

"와아, 위플랄라. 재미있다!"

넬라 델라가 소리쳤습니다.

"위플랄라, 네 이놈!"

브롬 선생이 고함을 질렀습니다.

"빨리빨리, 서랍 속으로. 빨리, 얼른요!"

위플랄라가 말했습니다.

서랍은 꽉 닫혀 있지 않았습니다. 네 사람은 반쯤 열린 서랍 틈새를 통해 안으로 들어가 어두운 안쪽에 쭈그리고 앉았습니다.

정말 절묘한 순간이었습니다. 왜냐하면 바로 그때 방문이 열리고 매니저가 순경을 데리고 들어왔거든요.

"사기꾼들은 여기 있습니다."

매니저가 말했습니다. 그러나 갑자기 조용해졌습니다.

"빌어먹을, 도망갔잖아! 그럴 리가 없는데. 문에는 자물쇠가 채워져 있었는데!"

매니저는 소리쳤습니다.

"창문으로 도망간 건 아닐까요?" 순경이 입을 열었습니다.

"아니, 그럴 수는 없어요. 창문은 저렇게 높은 곳에 달려 있고 작아서 절대로 사람이 빠져나갈 수 없거든요."

"그렇군요. 저 창문으로 도망칠 수는 없겠네요." 순경이 대답했습니다.

매니저는 허둥지둥 방안을 돌아다니며 의자 밑을 들여다보기도 하고, 책상 뒤쪽이랑 아래를 살펴보았지만, 점점 더 화가 났습니다. 서랍 안의 작은 네 사람은 생쥐처럼 숨을 죽이고 있었습니다. 거의 숨도 쉴 수가 없었습니다.

"나 원 참, 이런 일 때문에 내가 여기까지 불려왔단 말입니까? 당신은 꿈이라도 꾼 게 틀림없소."

순경은 말했습니다.

"꿈을 꿨다구요!" 매니저는 발끈했습니다. "난 말이요, 남자 한 명과 아이 둘을 여기에 가뒀단 말이오. 그건 2 곱하기 2가 4가 되는 것과 마찬가지로 틀림없는 일이요. 그 사람들은 45길더의 저녁 식사를 하고는 돈을 내지 않았다구요."

"알겠습니다. 하지만, 그 사람들이 있어야 체포를 하죠." 순경이 말했습니다.

"그렇긴 하죠." 매니저도 인정했습니다. "정말이지 영문을 모르겠군요. 혹시 회계 담당자가 착각해서 세 사람을 내보내 주었는지도 모르겠군요. 저와 함께 회계부서까지 가주시겠습니까?"

매니저는 순경을 데리고 나갔습니다.

"가 버렸어요. 이 틈에 우리도 도망쳐요."

요하네스가 작은 소리로 말했습니다.

"제가 앞장설게요. 따라오세요."

위플랄라가 말했습니다.

위플랄라는 살금살금 서랍에서 나와서 드넓은 탁자 위를 가로질러 전기 스탠드 전선을 스르륵 타고 내려갔습니다. 브롬 선생은 투덜투덜 불평을 하면서도 위플랄라의 뒤를 따라갔습니다. 넬라 델라와 요하네스도 무사히 내려왔습니다. 이제 모두 마룻바닥에 서 있습니다.

"보세요, 문이 열려 있어요. 먼저 내가 복도에 나가서 상황을 살펴보고 올게요. 여러분은 여기서 기다려주세요."

위플랄라가 말했습니다.

잠시 후, 위플랄라는 돌아왔습니다.

"가요. 복도에는 아무도 없어요. 뒷문이 있으니까 거기를 통해서 밖으로 나갈 수 있어요."

세 사람은 조심하면서 조용히 위플랄라 뒤를 따라서 복도로 나갔습니다. 그리고 약간 어두운 호텔 복도를 걷기 시작했습니다.

"저쪽에서 누군가 와요."

넬라 델라가 말했습니다.

그 말대로였습니다. 다른 쪽 복도에서 웨이터가 한 명 다가오고 있었습니다. 웨이터는 한 손에는 접시를 산더미처럼 쌓아올린 쟁반을 들고, 다른 한 손에는 유리잔을 빽빽하게 놓은 쟁반을 들고 있었습니다.

"쉿, 벽쪽을 향해 서서 움직이지 말아요."

위플랄라가 말했습니다. 네 사람은 말뚝처럼 꼼짝 않고 섰습니다. 웨이터는 서두르고 있었습니다. 이제 곧, 네 사람 옆을 지나치려 할 때였습니다. 갑자기 브롬 선생은 재채기가 나오려 했습니다. 꾹 참으려 했지만 도저히 참을 수가 없었습니다.

"에엣취이~!"

그것은 인형이 재채기를 하는 것처럼 작은 소리였습니다. 선생은 생쥐 정도의 크기밖에 되지 않았으니까요. 하지만, 웨이터 귀에 들리지 않을 정도로 작은 소리는 아니었습니다. 웨이터는 가만히 서서 네 사람쪽을 보았습니다. 순간, 깜짝 놀란 웨이터의 눈이 얼굴에서 튀어나올 듯이 되었습니다.

"달려요! 빨리, 빨리! 도망쳐요!"

위플랄라가 재촉했습니다.

위플랄라가 서둘러 복도를 달리기 시작했습니다. 다른 세 사람도 이어서 뛰기 시작했습니다. 웨이터의 눈이 더더욱 커졌습니다. 펄쩍, 하고 옆으로 비켜선 순간, 너무 놀라서 들고 있던 쟁반을 둘 다 떨어뜨리고 말았습니다.

쨍그랑!

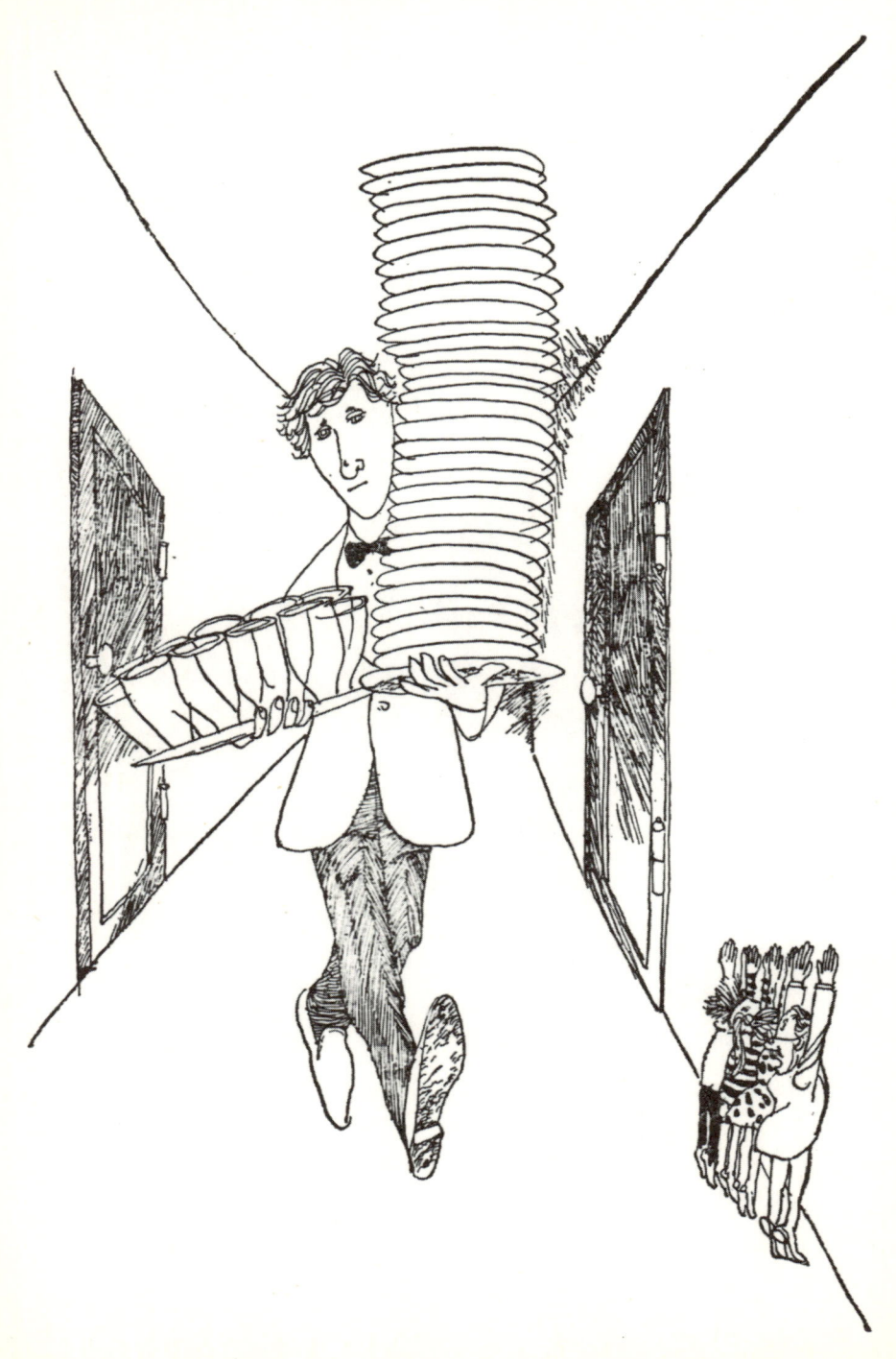

엄청나게 큰 소리를 내면서 닭고기랑 아이스크림 찌꺼기가 담겨 있던 접시가 바닥으로 떨어지고 유리 조각이 파팍, 복도 여기저기에 흩날렸습니다. 여기저기서 문이 열리고 다른 웨이터들이 급히 달려왔습니다.

침실 담당 종업원이 "요리스, 무슨 일이야?" 하고 소리를 쳤습니다.

"동물이야!" 요리스는 울먹이며 소리쳤습니다. "쥐야. 옷을 입고 두 발로 걷는 쥐라구! 무서운 요술을 부리는 쥐야. 제발, 그 놈들을 잡아줘. 저 문으로 밖으로 나갔으니 잡아줘!"

"요리스, 머리가 좀 이상해진 거 아냐?"

"너, 어떻게 된 거 아니야?"

다른 웨이터들은 말했습니다.

그들은 뒷문을 열고 밖을 내다보았습니다. 거기는 호텔 뒷정원이었습니다.

하지만 브롬 가족은 그 무렵에는 벌써 라일락 나무 덤불을 지나 정원 반대쪽 공원으로 나가 있었습니다. 그들은 공원을 빠져나와 도로로 갔습니다. 다행히도 밖은 벌써 어두워져 있었습니다. 덕분에 네 사람은 누구에게도 들키지 않고 보도 가장자리를 걸을 수 있었습니다.

"감쪽같이 달아났지요."

위플랄라가 노래를 부르듯이 말했습니다.

"네가 생각하는 건 그런 거냐?"

브롬 선생은 씁쓸하게 말했습니다.

"이 몸뚱이를 봐라. 이렇게 작은 꼬마 도깨비가 되어버렸잖니. 도대체, 난 이제부터 어떻게 일을 하고 책을 쓴단 말이냐. 개구리의 절반도 안 되는 작은 몸뚱이로 말이다."

"집에 다 왔어요. 아빠, 집이 얼마나 커져 있을지 봐요."

넬라 델라가 말했습니다.

"현관문에 손이 닿지 않을 걸요. 어떻게 집안으로 들어가요?"

요하네스가 말했습니다.

"뒤쪽에 있는, 고양이가 다니는 통로로 들어가자."

브롬 선생이 말했습니다.

그리고 네 사람은 그렇게 했습니다.

5. 거대한 우리집

"어이구, 겨우 집에 왔다. 하지만 우린 마치 거인의 집에 살고 있는 생쥐꼴이구나."

브롬 선생이 말했습니다.

정말로 그 말대로였습니다. 브롬 선생과 두 아이, 그리고 세 사람에게 요술을 건 꼬마 장난꾸러기 위플랄라 모두 손가락 가운데 비교적 긴 가운데 손가락 정도의 키도 되지 않았으니까요.

네 사람은 탁자 아래의 바닥에 앉았습니다. 탁자는 지금은 거인이 쓰는 탁자 같았습니다. 네 사람 옆에 고양이 프리흐가 앉았는데 프리흐도 지금은 거대한 고양이였습니다. 하지만, 고맙게도 프리흐는 여전히 브롬 가족을 아주 좋아해서 목을 가르랑가르랑 울리면서 선생이랑 요하네스, 넬라 델라에게 머리를 비벼댔습니다.

넬라 델라는 나뭇조각을 조금 가져와서 인형의 집 난로에 불을 지피고는 작은 냄비에다 감자를 두 개 삶았습니다. 그 감자도 거대한 감자였습니다. 감자 두 개로 네 사람 몫의 저녁식사가 충분했습니다.

찬장에서 커다란 흰 빵을 꺼내어 바닥 위에 펼친 천 위에 치즈와 함께 늘어놓았습니다. 찬장에서 빵과 치즈를 꺼내는 일은 무척 힘들었습니다. 요하네스와 넬라 델라가 찬장 안으로 기어올라가서 상자 안에서 빵을 끄집어내서 바닥으로 집어던졌거든요. 치즈도 똑같은 방법으로 끄집어냈습니다.

하지만 버터를 꺼내는 것은 포기했습니다. 버터를 집어던졌다가는 바닥이 아주 미끌미끌해질 테니까요.

마치 캠핑이라도 하고 있는 것 같았습니다. 요하네스와 넬라 델라는 아주 재미있어 했습니다. 조금은 익숙해진 바닥에는 요하네스의 장난감 기차 레일이 놓아둔 채로 있었습니다. 아이들은 오랫동안 기차를 타고 놀았습니다. 요하네스가 운전사가 되어 기관차에 타고, 넬라 델라와 위플랄라는 화물칸에 올라탔습니다.

한바탕 신나게 탄 뒤 이번엔 고양이 등에 올라탔습니다. 프리흐는 조금도 싫어하지 않고 의자랑 탁자 위로 깡충거리며 올라가기도 하고 커튼을 기어오르기도 했습니다. 넬라 델라와 요하네스와 위플랄라는 꺄아꺄아- 소리를 지르면서 프리흐의 털을 꽉 붙들고 있었습니다.

커다란 집은 모두가 함께 놀기에 정말 좋은 곳이었습니다. 지금은 피아노 밑으로 숨어들어가 숨바꼭질도 할 수 있었습니다. 방 한

쪽 끝에서 다른 쪽 끝까지 달리기도 할 수 있었고, 쟁반 밑에 받침대를 놓아서 시소도 탈 수 있었고, 벽에 걸려 있는 장바구니에 들어가 그네도 탈 수 있었습니다.

　브롬 선생은 아이들과 함께 놀지 않았습니다. 선생은 일을 해야만 했기 때문입니다. 책을 쓰고 있었으니까요. 선생은,
　"자, 일을 좀 해볼까."

하는 것이 말버릇이었습니다. 그래서 선생은 낑낑거리면서 의자 다리를 타고 의자 위로 기어올라 갔습니다. 이어서 식탁보를 붙잡고 몸을 탁자 위까지 끌어올렸습니다. 그리고나서 타자를 치기 시작했는데, 그것은 엄청나게 힘든 일이었습니다. 물론, 타자기가 정말로 엄청나게 거대했기 때문이었지요.

몹시 고생한 끝에 선생은 겨우 종이 한 장을 타자기에 끼워넣고 타자를 치기 시작했습니다. 먼저 선생은 발로 '비(b)'를 쳤습니다. 펄쩍 점프해서, 한 단 뛰어올라 멋지게 '아이(i)' 자 위에 내려섰습니다. 그리고나서 '지(g)'로 돌아갔습니다. 선생은 '빅(big)'이라는 글자를 친 것이었습니다.

하지만 이런 식으로 해서 두 문장을 치자 선생은 완전히 지쳐서 인형 침대에 털썩 쓰러지고 말았습니다.

매일 아침 모두들 욕조에서 수영을 했습니다. 네 사람이 힘을 합쳐서 수도꼭지를 돌리고, 물을 받고는 다시 힘을 합쳐서 꼭지를 잠급니다. 15분 정도 신나게 돌면서 헤엄을 친 다음 네 사람은 한 장의 수건 위를 데굴데굴 굴러서 몸을 닦았습니다.

다행히도 집안의 모든 문은 조금씩 열려 있었습니다. 그래서 네 사람은 어떤 방이라도 드나들 수 있었습니다. 또한, 마음만 먹으면 고양이가 드나드는 출입구를 통해서 밖으로도 나갈 수 있었지만, 아무도 밖에 나가고 싶어 하지는 않았습니다.

만약 누군가가 작은 네 사람을 본다면 어떻게 될까요? 교활한 인간들은 네 사람을 납치해서 길거리에서 구경거리로 삼을지도 모릅니다. 절대로, 네 사람은 인간의 눈에 띄어서는 안 되겠지요.

그리고, 가끔씩 아이들은 문득 쓸쓸해졌습니다. 특히, 프리흐의 등을 타고 창틀로 뛰어올라 밖을 바라볼 때에는 어쩐지 슬퍼졌습니다. 길을 걷고 있는 사람의 모습이 보였기 때문이죠. 어른도 아이도, 모두들 거인같이 커다란 사람들뿐이었습니다.

"예전엔 우리도 저 사람들과 똑같았는데. 저렇게 컸었구나."

넬라 델라는 사람을 볼 때마다 말했습니다.

"위플랄라, 요술로 우리를 원래대로 되돌릴 수는 없니?"

브롬 선생이 물었습니다.

위플랄라는 안절부절 못하며 작은 손톱을 깨물면서 부끄러운 듯이 말했습니다.

"아마 될 거예요. 언젠가는요. 그러려면 뭔가를 먹어야 한다는 것은 알고 있어요. 그런데, 그 이름이 생각나지 않아요. 언젠가는 꼭 생각해낼게요."

"약국에서 팔지는 않니?"

요하네스가 혹시나, 하는 얼굴을 했습니다.

"약국이 뭔데요?"

위플랄라는 무슨 말인지 모르겠다는 표정을 지었습니다.

요하네스가 위플랄라에게 약국이 무엇인지 설명하려 했습니다. 그때, 갑자기 넬라 델라가 손가락을 세우고 말했습니다.

"쉿! 들어봐, 무슨 소리가 들려."

모두들 귀를 기울였습니다. 바쁘게 타자기 위를 뛰어다니고 있던 선생도 멈춰서서 꼼짝 않고 귀를 기울였습니다. 발소리가 들렸던 것입니다.

"현관 열쇠를 여는 소리야. 도대체 누구일까?"

요하네스가 말했습니다.

"분명히 딩어만스 아줌마야. 오늘은 금요일이잖아. 아줌마는 금요일마다 우리집 청소를 하러 오고, 열쇠도 갖고 있잖아."

"숨어라! 발견되면 안 돼. 빨리 숨자!"

선생이 소리쳤습니다.

넬라 델라는 서둘러 주위를 둘러보며 숨을 곳을 찾았습니다. 딩어만스 부인으로부터도, 부인이 쓸 청소기로부터도 안전한 곳을 찾아야 했습니다. 부인이 복도를 걸어오는 발소리가 들렸습니다. 멈춰 서서 코트를 옷걸이에 걸고 있는 것 같았습니다. 부인은 노래를 부르기 시작했습니다.

"바구니 안이 좋겠어. 빨리 장바구니 안으로 들어가요."

요하네스와 넬라 델라와 위플랄라는 먼저 브롬 선생이 탁자에서 내려오는 것을 도와주었습니다. 그리고, 벽에 걸려 있던 장바구니 안으로 굴러떨어졌습니다. 그 순간, 문이 열리고 딩어만스 부인이 방에 들어왔습니다. 부인은 깜짝 놀라 주위를 둘러보았습니다.

"어머, 나비야. 너 혼자 있니? 모두들 외출했니?"

"냐~옹."

프리흐는 대답했습니다.

"완전히 아수라장이잖아! 이렇게 엄청나게 어질러져 있다니. 빵이랑 치즈가 방바닥을 굴러다니고. 어머나, 어처구니가 없네. 인형의 집 난로에 불이 지펴져 있어!"

"냐~옹."

"어이구야. 깨끗하게 정리해야겠네."

딩어만스 부인은 일단 빵과 치즈를 주워서 찬장에 넣었습니다.

장바구니 안에서는 요하네스와 넬라 델라가 소근소근 이야기를 하고 있었습니다.

"빵을 다시 끄집어내는 건 큰일인데. 차라리 지금 나갈까?"

"안 된다. 절대로 안 돼. 부인에게 발견되면 안 돼."

브롬 선생이 말했습니다.

"자, 그럼 먼저, 빈 우유병을 몽땅 우유 가게에 갖다줘야지."

딩어만스 부인은 커다란 목소리로 혼잣말을 했습니다. 그것으로 모든 것이 끝장났습니다. 부인이 장바구니를 집어든 것입니다. '어머나 무거워. 대체 뭐가 들어 있는 거야?' 부인은 생각했습니다. 그리고 바구니 안을 들여다보았습니다.

"꺄아악!"

비명을 지르면서 부인은 바구니를 떨어뜨리고 말았습니다.

"아야얏!"

네 사람은 바구니 안에서 아파서 끙끙거리며 신음했습니다. 꽤나 큰 충격이었습니다. 요하네스는 울음을 터뜨리고, 넬라 델라는 훌쩍훌쩍 울었습니다.

"이런……, 요술이야. 이 집은 요술에 걸린 거야. 달아나야 해."

딩어만스 부인은 새된 목소리를 내면서 나가려고 급히 문고리를 잡았습니다.

"딩어만스 아줌마!" 넬라 델라가 불렀습니다.

"도대체 이 집은 어떻게 된 거야?" 딩어만스 부인은 신음했습니다. "바구니 안에는 작은 도깨비가 가득 있어. 게다가 그 작은 도깨비가 말을 하다니!"

"우린 작은 도깨비가 아니에요." 요하네스가 말했습니다. 그리고 머리를 바구니 밖으로 쏘옥 내밀었습니다. "잘 보세요. 전 요하네스예요. 여기는 넬라 델라고, 이 분은 아빠구요."

브롬 선생은 바구니에서 머리를 불쑥 내밀고는 진지한 얼굴로 말했

습니다. "안녕하시오, 딩어만스 부인."

"하지만 당신들은 작은 도깨비가 아닌가요?"

딩어만스 부인은 불안한 듯 말했습니다.

"게다가, 저기 있는 건 누구죠?"

딩어만스 부인은 위플랄라를 가리켰습니다.

"아줌마, 모두 말씀드릴게요. 우린 요술에 걸렸어요."

넬라 델라가 말했습니다.

"재미있는 일이라고 해요." 위플랄라가 끼여들었습니다.

"알았어, 위플랄라. 재미있는 일이란 말이지. 딩어만스 아줌마, 얘는 요술이라고 하지 않고 재미있는 일이라고 말하고 있는 거예요. 얘는 위플랄라예요. 작은 도깨비의 일종이지요. 지금은 우리랑 같이 살고 있답니다. 며칠 전에 우리는 레스토랑에 갔어요. 그런데, 레스토랑에서 식사대금을 지불하지 못하게 되었어요. 그랬더니 위플랄라가 우리를 난쟁이로 변하게 해주어서 집으로 도망쳐왔어요. 아시겠지요?"

"내가 아는 건 소름끼치는 이야기라는 사실 뿐이야. 그래서, 당신들은 언제까지나 그렇게 작은 채로 살아가야 하는 건가요?"

딩어만스 부인이 화가 난 듯이 말했습니다.

"아마도요. 하지만 딩어만스 부인, 다른 사람들에게는 비밀로 해주십시오. 혹시라도 다른 사람들이 알면 그 사람들은 우리를 가만두지 않을 거니까요. 우리를 붙잡아 구경거리로 삼아서 한몫잡아보겠다고 생각할지도 모르거든요. 부탁이니, 누구에게도 말하지 말아 주시오."

브롬 선생이 말했습니다.

"절대로 말하지 않을게요. 나는 무덤처럼 입을 다물고 있겠어요. 난쟁이 여러분, 걱정말고 - 어머 실례했어요, 브롬 선생 - 난쟁이라고 불러서 죄송해요. 하지만, 당신들이 정말로 작아서 그랬던 거예요."

딩어만스 부인은 말했습니다.

"당신을 탓하진 않겠습니다."

브롬 선생은 씁쓸한 얼굴을 했습니다.

"그런데, 제가 도울 수 있는 일이 있을까요?"

"장을 좀 봐주시면 좋겠어요. 인형용 포크랑 스푼이 몇 개 더 있으면 좋겠거든요. 그리고, 인형용 빵케이스랑 빵자르는 칼이랑 버터통 한 개씩. 그리고……, 여러 가지가 필요해요."

넬라 델라가 부탁했습니다.

저녁에 딩어만스 부인은 집으로 돌아갔습니다. 작은 네 사람은 커다란 탁자 아래에 놓인 작은 탁자를 둘러싸고 앉았습니다. 모두들 나이프와 포크를 사용해서 기분좋게 식사를 했습니다. 탁자에는 인형용 식기류가 한 사람씩 갖춰져 있었고 맛있는 음식이 가지런히 놓여 있었습니다. 샐러드랑 과일이랑 크림이 있었습니다. 그것들은 모두 손이 닿는 곳에 놓여 있었습니다. 집안은 평소의 금요일처럼 구석구석까지 번쩍번쩍 빛나고 있었습니다.

"분명 딩어만스 아줌마는 날마다 우리를 돌봐주러 오실 거야."

넬라 델라가 말했습니다.

"아마도 그럴 거다. 그건 정말 고맙지만 진짜로 아무한테도 말하지 않을까?"

브롬 선생이 말했습니다.

"분명히 아줌마 남편한테는 말할 거예요."

요하네스가 말했습니다.

"저런저런, 그러면 그 남자가 소문을 퍼뜨릴지도 몰라. 그렇게 되면 우리는 위험해. 어떻게 해야 하나."

"걱정은 그만해요, 아빠. 아무튼 새로 사온 인형 침대에서 푹 자자구요. 새 것을 네 개 사왔거든요."

넬라 델라가 말했습니다.

"그렇지. 아무튼, 우리는 어차피 같은 처지니까 무슨 일이 있어도 떨어지지 말자꾸나."

브롬 선생이 말했습니다.

"저도요?"

위플랄라가 얌전하게, 그리고 조심스럽게 물었습니다.

"그래, 위플랄라. 너는 우리와 함께 하는 거야. 그리고 지금처럼 우리가 늘 함께 있다면, 우리가 아무리 작고 하찮아도 그건 별로 문제될 것 없어. 넷이서 사이좋게 살자꾸나."

넬라 델라가 말했습니다.

네 사람은 인형 시트와 모포에 감싸여 잠이 들었습니다.

고양이 프리흐가 그들을 지켜주고 있었습니다.

6. 인간에게서 달아나야 해

"무슨 소리지? 저 시끄러운 소리는 우리집 현관 쪽에서 들리는 건가요?"

넬라 델라가 소리쳤습니다.

"길거리에 사람이 잔뜩 나와 있어요. 백 명은 될 것 같은데요. 사람들이 우리집을 가리키고 있어요."

창틀에 기어오른 요하네스가 소리쳤습니다.

브롬 선생, 요하네스, 넬라 델라가 난쟁이가 된 지 일주일이 지났습니다. 물론, 위플랄라만은 일주일 전부터도 난쟁이였지만 다른 세 사람은 집은 그대로인데 몸집만 작아진 꼬마 도깨비가 되었던 것입니다. 네 사람은 불행하지는 않았습니다. 하지만, 아주 쓸쓸한 기분이었습니다. 지난 일주일 동안에 금요일에 집을 청소하러 왔던 딩어만스 부인 말고는 이야기 상대가 아무도 없었거든요.

"어머, 딩어만스 아줌마의 남편이 있어요. 역시 아줌마는 우리가 난쟁이가 된 것을 말했군요. 그래서, 갑자기 저 사람들은 우리가 보고싶어진 거예요. 시장님까지 있네요. 순경 아저씨도요! 아빠, 무서워요, 숨어요. 예? 달아나자구요."

넬라 델라가 말했습니다.

"하지만, 저 사람들은 집 안까지는 못 들어온단다."

"들어올 걸요. 보세요, 들리죠? 들어온다구요. 벌써 집안에 들어왔잖아요."

무서운 소리였습니다. 사람들은 복도에서 왁자지껄 떠들면서 이쪽을 향해 오고 있는 것입니다. 이제 곧, 브롬 가족이 있는 방의 문이 열리고 말 거예요.

"어디에 숨으면 좋을까? 어디에 숨어도 분명히 발견되고 말거야. 찬장 속이든, 옷장 밑이든, 어떤 구멍 속이나 틈 속이든지, 저 사람들은 샅샅이 뒤질 거야. 아, 아빠."

넬라 델라는 무서워서 벌벌 떨며 이리저리 뛰어다녔고, 브롬 선생과 요하네스는 무서워서 멍하게 서 있을 뿐이었습니다.

"내가 요술로 모두들 돌로 만들어버릴 거예요."

위플랄라는 다른 세 사람 앞을 막아서며 주먹을 쥐었습니다.

"안 된다. 위플랄라. 그건 안 돼. 나한테 좋은 생각이 있어."

하고 말하고 브롬 선생은 탁자로 기어올랐습니다. 모두들 뒤를 따랐습니다. 그리고, 그 탁자에서 창으로 옮겨 창문을 통해 밖으로 나왔습니다.

"저걸 봐. 저 담쟁이덩굴로 가자."

선생이 속삭였습니다. 선생을 선두로 모두들 담쟁이덩굴 속으로 기어올라가서 커다란 나뭇잎 그늘에 숨었습니다. 그리고 집안에서 많은 사람들이 와글와글 시끄럽게 떠드는 소리를 귀를 기울여 들었습니다.

"거짓말이잖아! 꼬마 도깨비 따위 없잖소."

누군가 커다란 목소리로 말하고 있습니다.

"하지만, 우리 마누라가 분명히 자기 눈으로 봤다고 했단 말이오. 집안을 몽땅 뒤져서라도 내가 찾아내고 말 거요."

딩어만스의 목소리가 났습니다.

요하네스도 넬라 델라도 오싹했습니다. 두 사람은 갑자기 인간이 무서워졌습니다. 자신들이 작아진 지금, 커다란 인간은 무서운 존재가 되었던 것입니다.

"여기 있으면 절대 우리를 못 찾을 거야. 남의 집에 함부로 쳐들어오다니, 저런 무례한 놈들이 있나."

브롬 선생이 말했습니다.

"살려줘. 아앗, 살려줘!"

넬라 델라가 비명을 질렀습니다.

"쉬잇! 왜 그러니?"

"거미가 있어요. 개만큼 큰 거미예요."

넬라 델라가 하아하아, 괴로운 듯이 헐떡거렸습니다.

바로 옆의 담쟁이 잎 사이에 커다란 거미가 바로 그들 옆에 있었습니다. 거미는 꼼짝 않고 이쪽을 노려보고 있었습니다. 이 괴상야릇한 꼬맹이들은 맛있는 먹이일까, 하고 생각하고 있는 듯한 눈초리였습니다.

"손을 내저으면 안 올 것 같기는 한데."

요하네스는 떨리는 목소리로 말했습니다.

"괜찮아요. 이젠 아무 짓도 못해요. 보세요."

위플랄라가 말했습니다.

지금 보니 거미는 돌이 되어 있었습니다. 위플랄라가 거미에게 요술을 걸었던 것입니다. 넬라 델라와 요하네스는 깔깔, 웃음을 터뜨리고 말았습니다.

"가엾어라, 거미 아저씨. 위플랄라. 우리가 다시 커지면 이 거미

를 원래대로 되돌려놓아줘."

요하네스가 말했습니다.

"우리가 다시 커지면……." 브롬 선생은 한숨을 쉬었습니다. "정말로, 보통 인간으로 돌아갈 수 있을까. 얘, 위플랄라. 우리를 보통 인간으로 되돌릴 수 있는 먹을 것의 이름이 생각나지 않니?"

"나는 언제나 언제나 그것만 생각하고 있어요. 그런데 생각이 안 나요."

위플랄라는 무척 미안한 듯이 말했습니다.

그때, 위플랄라가 갑자기 이상한 말로 뭔가를 말했습니다. 아주 이상한 말이었습니다. 마치 비둘기가 구구구, 하고 우는 것 같았습니다.

"뭐라고 말하는 거니?"

넬라 델라가 되물었습니다. 하지만, 넬라 델라는 위플랄라가 다른 누군가와 이야기를 하고 있다는 것을 알았습니다. 넬라 델라는 담쟁이 잎 사이에서 몸을 앞으로 내밀고 살펴보았습니다. 비둘기가 있었습니다. 커다랗고 뚱뚱한, 어머니처럼 다정해보이는 비둘기였습니다.

"위플랄라는 비둘기랑 이야기를 할 수 있구나."

넬라 델라가 말했습니다.

"그러네."

요하네스가 말했습니다.

"비둘기가 우리를 데리고 가준대요. 그렇게 할까요?"

위플랄라가 다급하게 말했습니다.

"어디로 말이냐?"

브롬 선생이 물었습니다.

"어디든지, 우리가 가고 싶어 하는 곳으로요."

"그렇게 해요. 비둘기 등에 타요. 대단해!"

요하네스가 말했습니다.

"아무튼 여기 있을 수는 없어. 이런 난쟁이로 있는 동안은 아무래도 우리집으로 돌아갈 수 없겠구나."

브롬 선생이 말했습니다.

위플랄라는 여전히 비둘기에게 말을 걸고 있었습니다.

"우리가 숨을 수 있는 곳을 알고 있는지 비둘기에게 물어봐 주겠니? 어딘가 인간이 없는 곳을 말이야."

브롬 선생이 말했습니다.

위플랄라는 구구, 하고 말했습니다. 비둘기는 구구, 하고 대답했습니다.

"비둘기가요, 인간이 아무도 오지 않는, 절대로 안전한 곳을 알고 있대요."

"그럼 가자. 그런데, 아까 그 사람들은 아직도 우리집 안에 있는 걸까."

모두들 귀를 기울였습니다. 집안을 구석구석까지 뒤지고 있는 듯, 웅성거리는 소리가 들려왔습니다.

이렇게 된 이상, 서둘러야겠지요. 비둘기는 물받이 위에 웅크리고 앉았습니다. 네 사람은 민첩하게 담쟁이덩굴에서 기어내려와서 비둘기 등에 올라탔습니다. 네 사람이 한 마리 비둘기의 등에 올라탄 것입니다.

위플랄라가 맨 뒤에 앉았습니다. 그 앞이 넬라 델라, 요하네스. 그리고, 맨 앞의 비둘기 머리 쪽에 브롬 선생이 앉았습니다.

"네 사람이나 타서 너무 무겁지 않을까?"

브롬 선생이 중얼거렸습니다.

비둘기는 날개를 펼치더니 눈이 핑핑 돌 듯한 속도로 날아올랐습니다. 네 사람은 폭신폭신한 비둘기 깃털을 꼬옥 붙들고 정원이 점점 아래로 멀어져가는 것을 내려다보고 있었습니다. 아득히 아래쪽에 있는 자신들의 집과 이웃 집들과 길을 보고 모두들 눈이 아찔아찔했습니다.

비둘기는 엄청난 소리를 내면서 돌진했습니다. 비둘기 날개가 이렇게 강하다는 것을 네 사람은 이때 처음 알았습니다.

'만약 다른 친구들이 지금의 나를 보면 깜짝 놀라겠지.' 요하네스는 생각하면서 좋아서 히죽히죽 웃었습니다.

"어디로 가고 있는 거냐? 비둘기는 우리를 어디로 데려다줄 생각일까?"

브롬 선생이 소리쳤습니다.

"나도 몰라요."

위플랄라가 말했습니다.

"마을 한가운데로 가는 거예요. 보세요!"

요하네스가 큰소리로 말했습니다.

비둘기는 박물관 위를 날아서 지나갔습니다. 운하가 보였습니다. 이어서 칼페르 거리 상공에 이르렀습니다.

"댐 광장으로 가고 있는 거예요. 비둘기는 우리를 댐 광장으로 데려갈 생각인 거예요. 뭐, 정말로 인간이 없는 곳으로 데려가려나 봐요."

넬라 델라가 말했습니다.

그 말대로였습니다. 비둘기는 댐 광장을 향해 날았습니다. 비둘기는 높이 날고 있었습니다. 그래서, 먼저 기념탑과 궁전 둘레를 몇 바퀴나 돌고나서야 빙글 돌면서 사뿐히 내렸습니다.

그곳은 궁전 뒤쪽의 아주 작고 평평한 돌 기념패 위였습니다.

"다 왔대요."

위플랄라가 말했습니다.

"엇, 여기라고? 이건 정말 놀랍구나. 궁전 지붕 위라니. 도대체 여기서 뭘 하려고?"

브롬 선생은 어처구니가 없었습니다.

네 사람은 비둘기 등에서 내렸습니다.

"위플랄라. 비둘기에게 어딘가 다른 곳으로 데려가 달라고 부탁해주지 않겠니? 여기는 말이다, 난 눈앞이 아찔해서 제대로 서 있지도 못하겠구나."

브롬 선생은 말했습니다.

위플랄라는 다시 비둘기와 이야기를 나누었지만,

"비둘기가 여기라면 정말로 안전하다고 말하는데요."
하고 딱 잘라 말했습니다.
"어, 비둘기가 가 버리잖아. 벌써 날아가 버렸어."
"비둘기는 해야 할 일이 많아요. 알을 낳고 새끼들을 키우느라 무척 바쁘다구요."
"하지만, 이런 곳에 내려져서 어떻게 해야 한단 말이야. 궁전 맨 꼭대기란 말이야. 주위에는 돌밖에 없잖아. 어, 여기는 아틀라스 바로 옆이잖아."
"저게 아틀라스예요?"
요하네스가 곁에 서 있는 커다란 석상을 가리켰습니다. 그것은 등에 무척 커다란 공을 짊어지고 있는 남자의 석상이었습니다.
"저것이 아틀라스야. 아틀라스란 그리스의 신 가운데 하나지. 아틀라스는 전세계를 머리 위에 들고서 떠받치고 있단다. 저걸 봐라, 저것이 지구야."
"저 사람은 언제부터 여기 서 있는 걸까요?"
넬라 델라가 말했습니다.
"아주아주 옛날부터란다. 얘, 위플랄라. 너 뭘 하는 거냐?"
브롬 선생이 말했습니다.
위플랄라는 바쁜 듯이 두 손을 움직이고 있었습니다.
"저 아틀라스를 돌로 바꾸려는 건 아니겠지. 저건 처음부터 돌로 만들어져 있다구."
요하네스가 소리쳤습니다.

"위플랄라는 아틀라스를 살려내려고 하고 있는 거야."

넬라 델라가 요하네스에게 속삭였습니다.

자, 어떻게 되었을까요? 놀랍게도 돌로 된 아틀라스가 움직였습니다. 아틀라스는 "휴우~." 하고 커다란 한숨을 쉬고는 커다란 지구를 머리 위로 높이높이 들어올렸습니다. 그리고는 와하하하, 한바탕 웃고는 지구를 발치에 내려놓았습니다.

"당신들은 인간이 아닌가." 아틀라스가 물었습니다. "저 아래를 보면 당신들과 똑같이 생긴 이들이 언제나 보이거든. 봐요, 저기에 당신과 같은 이들이 잔뜩 모여 있잖소."

아틀라스는 큰길 쪽을 가리켰습니다. 자동차나 전철이 기어가듯이 움직이고 있고, 몇 백명이나 되는 콩알 같은 인간이 아스팔트 위에서 북적거리고 있었습니다.

브롬 선생은 어안이 벙벙해서 거대한 남자인 아틀라스를 올려다보았습니다. 아틀라스는 마치 처음부터 살아 있는 인간이었던 것처럼 친절하게 대화했습니다.

만약 길을 걷고 있던 사람들이 일제히 위를 올려다본다면 어떻게 될까 선생은 생각했습니다. 아틀라스가 지구를 아래로 내려놓아 버린 것을 본다면 저 사람들은 무서워하지는 않을까? 하지만, 길을 걷고 있는 사람들 가운데 위를 올려다보는 사람은 없는 것 같았습니다. 모두들 무척 서둘러 길을 가고 있었습니다.

"저기요, 아틀라스 아저씨. 여기에서 궁전 안으로는 어떻게 하면 들어갈 수 있나요? 저 안으로 꼭 들어가고 싶은데요."

요하네스가 말했습니다.

"안으로 들어가려면……." 아틀라스는 입을 우물거렸습니다. "이런이런. 나는 몇 백년이나 여기 서 있지만 궁전 안으로 들어가 본 적은 한 번도 없어. 나는 가려운 곳이 있는데 먼저 거기를 긁어도 될까? 지난 5백년 동안 등이 가려워서 참을 수가 없었거든."

아틀라스는 천천히 자기 몸을 긁었습니다. 그리고 등을 집중적으로 긁었습니다.

"이제 됐습니까?"

아틀라스가 다 긁었을 때, 브롬 선생이 말했습니다.

"어어, 시원하다. 등이 가려워서 참을 수 없었어. 아, 그렇지. 당신들은 궁전 안으로 들어가고 싶다고 했었지. 음……, 어디 보자, 그래. 작은 창이 있었어. 그래, 작은 창을 알고 있어. 나를 따라와요. 그렇지 않으면 손가락으로 집어올려줄까?"

아틀라스는 몸을 굽혀서 한 손으로는 넬라 델라와 요하네스를, 그리고 다른 한 손으로는 위플랄라와 브롬 선생을 집어올리고는 커다란 돌난간을 훌쩍 뛰어넘었습니다.

"어라, 벌써 도착했네. 창이 절반이 열려 있군. 당신들을 집어넣어 줄까?"

"부탁합니다."

브롬 선생은 부탁했습니다.

아틀라스는 네 사람을 창문 안으로 집어넣었습니다. 네 사람은 창틀에 나란히 섰습니다.

"여기면 될까? 당신들을 도와줄 수 있어서 기쁘군."

아틀라스는 말했습니다. 그러더니 이내 안절부절 못하기 시작했습니다.

"이크, 큰일났다. 지구를 너무 오래 그대로 놓아뒀어. 빨리 머리 위에 짊어지지 않으면 이 세상의 종말이 오고 말 거야. 빨리빨리. 세상의 종말이 오면 큰일이지."

아틀라스는 원래 있었던 곳으로 달려갔습니다. 커다란 지구를 들어올려 끙끙거리면서 머리 위로 들어올렸습니다.

"위플랄라, 어서 아틀라스를 원래의 돌로 돌려놔 주렴. 돌이 되면 저 사람은 지구가 아주 무겁다고 느끼지 않을 테니까."

브롬 선생이 말했습니다.

위플랄라는 하라는 대로 했습니다. 순식간에 아틀라스는 움직이지 않게 되었습니다.

"가엾은 아틀라스. 저 사람은 자기가 지구를 머리 위에 올리고 떠받치고 있지 않으면 세상의 종말이 온다고, 정말로 생각하고 있어. 그렇다면 저 사람은 돌인 채로 있는 게 행복할 거야."

넬라 델라가 말했습니다.

네 사람은 주위를 둘러보았습니다. 그리고 자신들이 서 있는 방 안을 주의깊게 살폈습니다. 작은 방이었습니다. 거의 아무 것도 없었는데, 아주 구식인 안락의자 몇 개와 탁자와 커다란 침대가 있을 뿐이었습니다.

"바보 같은 비둘기네. 궁전에 데려오다니……."

넬라 델라는 한숨을 쉬었습니다.

"아무튼 여기는 안전하잖니. 다만, 먹을 것이 없다는 것도 사실이구나. 앞으로 어떻게 해야 할지 차분하게 의논을 해볼까?"

브롬 선생이 말했습니다.

"우선은 잠을 좀 자요. 난 이 근사한 침대에서 잘래."

요하네스가 말했습니다.

"그게 좋겠어요. 한숨 자고나서 생각해요."

위플랄라가 말했습니다.

네 사람은 침대 위에 몸을 쭉 뻗고 누웠습니다.

*

훨씬 아래쪽의 큰길에 한 여자 아이가 서 있었습니다. 여자 아이는 손을 이마 위에 올리고 위쪽을 보았습니다. 여자 아이는 과자 가게 앞에 서 있는 아버지에게 달려갔습니다.

"아빠, 궁전 꼭대기에 서 있던 석상이 어딘가로 달려갔다가 다시 돌아왔어요."

"뭐라구? 무슨 석상이?"

여자 아이는 손가락으로 가리켰습니다.

"아틀라스가 어딘가로 달려갔다고? 애야, 저건 돌로 만들어져 있는 상이란다."

"알고 있어요. 하지만, 진짜예요. 저 사람이 공을 아래로 내려놓는 것을 봤다구요. 그리고 등을 긁었어요. 그리고나서, 어딘가로 달려갔다가 다시 돌아왔다니까요."

"얘야, 꿈을 꾼 게로구나. 그런 일이 있을 리가 있니?"

아버지는 말했습니다.

"하지만 거짓말이 아냐."

여자 아이는 말했습니다.

"자, 가자꾸나. 아빠가 아이스크림 사줄게."

아버지는 말했습니다.

하지만 여자 아이는 아버지가 자기를 믿어주지 않는 것이 슬픈 듯했습니다.

 7. 댐 광장의 큰 궁전

"여긴 어디냐?"
브롬 선생이 물었습니다.
"댐 광장에 있는 궁전 안이에요."
요하네스가 대답했습니다.
"으음, 이런 데서 내가 뭘하고 있는 거지."
선생을 졸린 듯한 목소리로 말했습니다. 잠에서 막 깨어난 선생은 두리번두리번 주위를 둘러보았습니다.
선생은 네 사람이 엄청나게 커다란 침대에서 자고 있는 것을 보고는 어리둥절해 했습니다.
"있잖아요. 우리는 비둘기 등에 타고 이 궁전으로 날아왔잖아요. 아틀라스가 우리를 이 방에 집어넣어 주었구요. 아빠는 잊어버렸어요?"

넬라 델라가 말했습니다.

"잊어버릴 수 있겠니. 어이구, 정말이지 마음이 편치 않구나."

"마음이 편치 않다구요? 말도 안 돼. 엄청 기분좋지 않아요? 자, 지금부터 잠시 세상을 보러 가요. 이렇게 작다는 건 멋진 일이야. 잡히지 않고 어디로든지 숨을 수 있잖아요. 비둘기 등을 타고 날아갈 수도 있고……. 비둘기 등에 탔을 때는 정말 재미있었어요."

요하네스가 말했습니다.

"그랬었지. 하지만, 이 커다란 궁전에서 우리가 뭘 할 수 있겠냐? 밖으로는 어떻게 나갈 건데? 만에 하나, 밖으로 나갈 수 있다고 해도 어디로 가면 좋지? 집으로 돌아갈 수도 없잖니. 아주 위험하니까 말이다. 알겠니?"

선생의 목소리는 아주 걱정스러운 듯했습니다.

"알겠니? 우리는 가련하고 작은 '도망자'가 되어 버린 거야. 우리는 이제 더 이상 세상 어디에도 속하지 않는 거야. 우리는 인간 세계에서 쫓겨나고 만 거야."

이것을 듣자 넬라 델라와 요하네스는 브롬 선생의 얼굴을 진지하게 바라보았습니다. 엄청난 충격을 받았기 때문입니다.

"아빠, 그건 무슨 뜻이에요?"

"우리는 앞으로 언제나 불쌍한 도망자로 살아가야 한단다. 어디에 가더라도 몰래 숨어 있어야만 하는 거지. 인간이 옆에 있으면 우리는 언제나 위험한 거야. 만약 발견되면 틀림없이 몹쓸 꼴을 당할 테니까."

"그렇다면 밖으로 나가요. 아주 멀리 밖으로 가요. 숲으로요. 거기라면 작은 구멍 속에 들어가서 살아갈 수 있잖아요."

"그리고는 야생동물에게 잡아먹혀 버리고?" 브롬 선생은 입을 삐쭉 내밀었습니다. "우리는 이렇게 작으니까 암소에게 먹혀버릴지도 모르고, 족제비에게 죽임을 당할지도 모른단다."

"아빠, 그런 일은 없을 거예요. 그렇게 되지 않게 내가 돌봐줄게요. 우리를 덮치려고 하는 것들은 모조리 요술을 걸어버릴 거예요. 아빠, 걱정마세요."

위플랄라가 소곤거렸습니다.

"흐음, 그걸 깜빡하고 있었구나. 위플랄라, 네가 있으면 든든하지. 그럼, 되도록 빨리 숲으로 달아나는 게 가장 좋을지도 모르겠구나."

"또 다른 비둘기를 찾아내서 숲까지 우리를 데려다 달라고 부탁해봐요. 위플랄라. 지붕에 올라가서 비둘기를 찾아봐줄 거지?"

넬라 델라가 말했습니다.

"모든 비둘기랑 아는 사이는 아니에요. 어제는 우연히 친구 비둘기를 만났던 거예요."

"하지만, 넌 비둘기 말을 알잖아. 비둘기도 네가 말하는 것을 알아들을 거고. 어떤 비둘기든 이야기를 할 수 있잖아."

"그건 그래요. 알았어요. 찾아볼게요."

위플랄라는 잽싸게 창틀을 기어올라 밖으로 나갔습니다. 그리고 지붕 위로 올라갔습니다.

"배가 엄청 고파. 하지만 이 방에는 먹을 거라곤 아무 것도 없는 것 같아."

요하네스가 말했습니다.

"없는 게 당연하지. 지금은 아침밥 먹을 시간이지만, 이 궁전에는 아무도 없으니까. 여왕님은 안 계시는 걸까?"

넬라 델라가 말했습니다.

"안 계셔. 여왕님은 여기서 살고 계시지는 않단다. 아주 가끔씩 오실 뿐이야. 하지만, 궁전을 지키는 관리인이 있을 텐데. 그것도 한 명이 아닐 거고. 그 사람들은 언제나 여기 살고 있을 거야. 그런데, 인간이 살고 있는 듯한 모습은 느껴지지 않는구나."

모두는 귀를 기울였습니다. 주위는 쥐죽은 듯 조용했습니다. 그때 갑자기, 궁전의 첨탑의 종이 울렸습니다.

"다녀왔어요." 위플랄라가 창을 통해 들어왔습니다. "저 뎅그랑뎅그랑하는 소리에는 놀랐어요. 하지만 그냥 종이에요."

"비둘기에게 말을 했니?"

"아니오. 참새에게 말을 해봤는데 싫다고 하더라구요. 우리 네 명을 태우고 날아갈 정도로 힘이 세지 않다고 말예요. 택시 역할은 사양하겠대요. 참새는 정말 뻔뻔해요. 정해진 집도 없이 떠돌아다니는 주제에."

"배가 너무 고픈데. 위플랄라, 요술로 먹을 걸 만들 순 없니?"

요하네스가 말했습니다.

"부탁이야. 해보렴." 넬라 델라가 애원했습니다. "이것 봐, 여기

구석에 종이 상자가 있어. 저것을 빵이랑 치즈랑 버터랑 삶은 달걀이랑 잼이랑 사과로 바꿀 수 없겠니?"

"해볼게요."

위플랄라는 휴우, 하고 크게 숨을 내쉬었습니다. 종이 상자 앞에 섰습니다. 그것은 성냥갑보다 조금 큰 상자였습니다. 위플랄라는 눈을 감고 다시 한 번 한숨을 쉬고는 뭔가를 중얼거리고 손가락을 움직였습니다.

"이건, 어때요?"

"어머나, 상자 그대로잖아. 아니, 돌이 되었네. 돌상자야. 위플랄라, 맛있는 음식은 어떻게 된 거니."

넬라 델라는 나무라는 듯이 위플랄라를 보았습니다.

"요술이 듣지 않는 거예요." 위플랄라는 완전히 풀이 죽었습니다. "내가 요술이 될 때도 있고 안 될 때도 있는 거 알고 있죠? 오늘은 안 되요. 전혀 안 되요."

"궁전 안을 탐험해볼까?" 브롬 선생이 말했습니다. "물론, 아주 조심조심 발끝으로 걷는 거야. 어딘가 아래층에 부엌이 있겠지. 먹을 것도 있을 거야. 관리인이 살고 있다면 그 사람들도 반드시 뭔가 먹을 테니까."

네 사람은 커다랗고 부드러운 침대에서 바닥으로 미끄러져 내려왔습니다. 하지만, 네 사람이 있는 이 작은 방은 자물쇠가 채워져 있었습니다.

"칫, 뭐야. 갇혀 있잖아."

브롬 선생이 소리쳤습니다.

"문 밑에 있는 틈을 통과할 수 있어요."

위플랄라가 말했습니다.

문 아래에 꽤나 큰 틈이 있었습니다. 네 사람은 배를 땅에 대고 기어서 간신히 빠져나왔습니다. 지루하고 힘든 일이었습니다. 하지만 낑낑거리면서 몸을 비틀어서 겨우겨우 빠져나왔습니다.

"틈새가 있어서 다행이야. 하지만 이 궁전은 청소도 제대로 안 하고 있나봐요. 블라우스가 먼지 때문에 새까매졌어. 다들 더러워졌네요. 어머, 저기에 계단이 있어요."

넬라 델라가 말했습니다.

"조심해서 내려가자. 자, 손잡이를 타고 미끄러져 내려가는 거야. 계단을 걸어서 내려가는 것보다 그게 훨씬 쉬울 테니까."

선생이 말했습니다.

손잡이를 타고 미끄러져 내려가는 것은 아주 즐거웠습니다. 네 사람은 계단 손잡이를 네 개나 미끄러져 내려갔습니다. 요하네스와 넬라 델라는 속력을 내며 미끄러져 내려올 때 신이 나서 소리를 질렀습니다.

"쉬잇-! 이젠 조용히 걸어라. 여기는 홀이니까."

브롬 선생이 말했습니다.

"와아, 멋있어. 저기, 천장을 보세요. 대리석이랑 기둥이랑 그림이 엄청 많아요."

넬라 델라가 말했습니다.

"대리석도 그림도 탐나지 않아. 내가 원하는 건 버터빵 세 개하고 삶은 달걀이야."

요하네스가 투덜투덜했습니다.

네 사람은 오랜 시간이 걸려서 큰 방을 통과했습니다. 방의 가장자리 벽에 딱 붙어서 발소리를 내지 않도록 살금살금 걸었고, 절대로 방 한가운데로는 뛰어나가지 않았습니다.

"여기는 손님을 안내하는 큰 방 같구나. 방은 아주 멋지다만 먹을 것이 있을 것 같진 않다. 다른 방으로 가보자."

브롬 선생이 말했습니다.

네 사람은 조각이랑 그림이 잔뜩 놓여 있는 방으로 갔습니다.

그때, 갑자기 소리가 들렸습니다.

"엇, 저건 뭐야."

네 사람은 흠칫 놀라 막대기처럼 빳빳해졌습니다. 한 남자가 그

들을 향해 다가오고 있습니다. 놋쇠 단추가 달린 파란 웃옷을 입은 남자였습니다. 그 남자는 박물관에서 일하는 위엄 있는 관리인 같았습니다. 네 사람은 아주 잠깐 동안 그 남자를 보고는, 휙 하고 방향을 바꿔서 쏜살같이 뛰어갔습니다. 위플랄라가 번개 같은 속도로 맨 먼저 문을 빠져나갔습니다. 다른 세 사람도 바로 위플랄라의 뒤를 따랐습니다.

대리석 바닥 위를 남자가 다가오는 발소리가 들렸습니다.

저벅 저벅 저벅 저벅.

묵직하고 분명치 않은 발소리입니다. 남자는 네 사람을 보고 붙잡으려고 생각한 것입니다. 이제 네 사람이 숨을 곳을 찾을 시간이 없습니다.

위플랄라가 인간의 웃옷을 발견했습니다. 그것은 남자 웃옷인데, 낮은 의자에 걸쳐져 있어서 주머니가 바닥에 닿아 있었습니다. 주머니는 네 사람에게 '들어와요, 들어와요' 하고 말하듯이 커다랗게 입을 벌리고 있었습니다. 팔짝, 위플랄라가 뛰어들었습니다. 세 사람이 뒤를 따랐습니다. 네 사람은 주머니 맨 안쪽으로 미끄러져 들어갔습니다. 담배 냄새가 훅 끼쳤습니다. 어두운 주머니 안에서 네 사람은 소리를 내지 않도록 하아하아 헐떡이면서, 꼼짝않고 웅크리고 앉아 있었습니다.

관리인 같은 남자는 웃옷이 놓여 있는 의자 옆까지 왔습니다. 네 사람이 주머니로 굴러들어간 것을 본 것일까요? 남자는 웃옷을 잡을까요? 남자는 주머니를 손으로 더듬을까요?

아니었어요. 네 사람 귀에 들린 것은, 그 남자가 투덜투덜 혼잣말을 하면서 주위에 있는 의자를 덜그덕덜그덕 움직이는 소리뿐이었습니다. 남자가 작은 네 사람을 찾고 있는 것은 틀림없었습니다. 주위에 놓여 있는 물건들의 아래쪽을 살펴보았지만, 발견되지 않았으므로 투덜투덜 투덜거리고 있었습니다.

"못 찾네요."

위플랄라가 소곤거렸습니다.

"쉿."

브롬 선생이 말했습니다.

갑자기 다른 목소리가 났습니다. 역시 남자의 목소리였습니다.

"뭔가 찾고 있는 건가?"

목소리는 말했습니다.

"아니, 그게……." 관리인은 조금 당황했습니다. "내가 갤러리에 있는데 쬐끄만 동물 같은 것들이 보였거든."

"무슨 동물인데?"

"응. 처음에는 쥐인가 보다 생각했지. 그런데, 그놈들이 말야, 글쎄 두 발로 걷고 있는 거야. 게다가 옷을 입고 있었어."

"핫핫핫. 자네 좀 쉬어야겠군. 옷을 입은 쥐라구? 푸하하하!"

남자는 배를 잡고 웃었습니다. 상대방 남자가 장난을 치고 있다고 생각하는 듯 했습니다.

"응, 저쪽 일은 정리했네. 전기 회선은 수리했고, 퓨즈 상자는 점검했고, 스위치를 새로 갈았어. 어디 보자, 내 도구는 어디에 뒀더라? 아, 여기 있다. 자, 나는 돌아감세. 또 보자구."

"잘 가게. 내 이름으로 계산서를 보내줘. 그리고, 천정에 매달 전구를 두어 개 갖다 주고."

"알았네."

새로운 남자가 대답을 했습니다. 주머니 안의 네 사람은 남자가 전기공이고 수리가 끝났다는 것을 알았습니다.

"간유리 전구로 갖다주게." 파수꾼 같은 남자는 말했습니다. "그런데, 그 놈들은 꼬마 도깨비 같았어."

"뭐라구? 무슨 소리를 하는 건가?"

전기공이 소리쳤습니다.

"아까 말한 작은 생물 말이야. 녀석들은 동물이 아니야. 꼬마 도깨비의 일종이었어."

그것을 듣자 전기공은 다시 껄껄 웃었습니다.

"그것 참 재미있군, 자네. 휑한 궁전에 살면서 꼬마 도깨비를 보다니. 정말로, 잠시 어디 다른 곳으로 가서 쉬어야 할 것 같은데. 너무 오랫동안 궁전에 살고 있으니까 존재하지도 않는 이상한 것들이 보이는 거야."

"그래, 그럴 수도 있겠구먼."

관리인은 피곤한 듯한 목소리로 말했습니다.

"자, 나는 돌아가네. 아차, 웃옷을 잊어버리고 갈 뻔했군."

전기공이 말했습니다.

주머니 속의 네 사람은 갑자기 웃옷 채로 몽땅 들어올려지는 것을 알았습니다.

8. 맛있는 음식도 잔뜩, 위험도 잔뜩

주머니 안에서 브롬 선생과 넬라 델라는 걱정스럽게 서로의 소매를 꼬옥 붙잡고 있었습니다. 위플랄라와 요하네스도 서로 꼬옥 부둥켜 안았습니다.

전기공은 앞으로 어쩔 셈일까요. 지금은 거리로 나가서 조용히 서 있는 것 같습니다. 네 사람은 바깥 공기를 느꼈습니다. 자동차의 시끄러운 소리와 교통정리를 하는 경관의 호루라기 소리가 들려왔습니다.

갑자기 발쪽에서 엄청나게 큰 소리가 들렸습니다. 전기공이 오토바이에 올라 시동을 걸었던 것입니다. 그리고, 주머니 안의 네 사람도 전기공과 함께 암스테르담 거리를 엄청난 속도로 달리기 시작했습니다.

오토바이는 천둥처럼 요란한 소리를 내면서 덜컥거렸습니다.

하지만, 네 사람은 캄캄한 주머니 안에 있어서 아무 것도 보이지 않았습니다.

　전기공은 브롬 선생 일행을 어디로 데려가는 것일까요? 이제 곧 네 사람은 들키고 말까요? 남자는 언제 주머니에 손을 집어넣을지 모릅니다. 그러면 모든 것이 끝장나고 말겠지요.

　브롬 선생은 바로 옆에 담뱃갑이, 그리고 다른 편에는 성냥갑이 있는 것을 알아차렸습니다. 물론 갑자기 남자는 담배를 피고 싶어질 것입니다. 그때가 되면 남자는 주머니에 손을 넣겠지요.

　"담뱃갑과 성냥갑을 머리 위로 들어올리자."

　브롬 선생은 목소리를 높여 말했습니다. 목소리를 높여도 조금도 걱정할 건 없었습니다. 오토바이 엔진 소리가 시끄러워서 어떤 소리도 안 들렸거든요.

　네 사람은 영차, 하고 두 개의 상자를 들어올린 다음, 그 아래쪽으로 숨어들었습니다. 덜컹, 하고 오토바이가 흔들릴 때마다 상자는 툭, 하고 네 사람의 머리에 부딪쳤습니다. 정말로 기분이 나빴습니다.

　한참 뒤에 역시나 전기공의 손이 주머니 안으로 들어왔습니다. 손이 담배와 성냥갑을 잡았습니다. 하지만, 그 이상 안쪽까지는 더 들지 않았습니다.

　네 사람은 휴우, 하고 안도의 한숨을 쉬었습니다.

　'난 언제나 오토바이를 타고 싶었는데. 하지만, 이런 식으로 모르는 남자 주머니 안에 들어와서 타게 될 줄은 꿈에도 몰랐어.'

요하네스는 생각했습니다.

네 사람은 멈췄습니다. 전기공이 오토바이를 세웠기 때문입니다. 전기공은 오토바이가 쓰러지지 않도록 스탠드를 세우고는 어느 집 안으로 들어갔습니다. 거기는 가게 같았습니다. 남자가 문을 열었을 때 작은 벨이 딸랑, 하고 울리는 소리가 났거든요.

여자 목소리가 들렸습니다.

"어머, 이제야 오시다뇨. 전기가 합선되었다고 사흘 전에 말씀드렸는데요. 어디가 합선되었는지는 모르겠어요. 왜, 좀 더 빨리 와주지 않은 거죠?"

"너무 바빴거든요. 일손이 부족해서요. 아무튼 문제가 있는 곳을 볼까요?"

전기공은 웃옷을 벗어서 바닥에 놓았습니다.

"이쪽이에요."

여자의 목소리가 대답했습니다.

여자와 전기공은 가게 뒤쪽에 있는 방으로 들어갔습니다. 요하네스는 주머니에서 조심스럽게 머리를 내밀고 주위를 찬찬히 둘러보았습니다. 맛있는 치즈와 바닐라 쿠키, 훈제 장어, 오렌지 냄새가 났습니다.

"괜찮아요." 요하네스는 말했습니다. "아무도 없어요. 손님이 오기에는 아직 시간이 일러요. 게다가 가게 여자는 전기공을 데리고 거실쪽으로 가버렸어요."

다른 세 사람도 주머니에서 기어나와 주위를 둘러보았습니다.

"식료품 가게로구나."

브롬 선생이 말했습니다.

"과일 가게예요." 하고 말한 것은 넬라 델라였습니다. 위플랄라는 "생선 가게예요." 하고 말했습니다.

"세 가지 모두 있는 가게야."

요하네스가 말했습니다.

그 말대로였습니다. 깨끗한 식료품 가게로, 온갖 종류의 먹거리를 팔고 있는 곳이었습니다.

"이제 아침밥을 먹을 수 있어. 뭘 먹을까? 치즈를 먹을까, 아니면 소시지? 와아, 이렇게 많이 있다니. 모두 너무나 좋은 냄새야."

넬라 델라가 소리쳤습니다.

"훔치는 건 안 된다." 브롬 선생이 말했습니다. "하지만, 우리는 배가 너무 고프지. 몸이 작으니까 위도 아주 작을 테니까, 아주 조금만, 이번 한 번만 여기 있는 것들을 먹어도 이해해주겠지."

넬라 델라는 커다란 노란 색 자두에 달라붙어 게걸스럽게 먹기 시작했습니다. 위플랄라는 건포도를 먹었고, 요하네스는 치즈를 한 입 베어먹었습니다. 브롬 선생은 아직 결심이 서지 않은 듯, 먹지 않고 여전히 말을 하고 있었습니다.

"이런, 이렇게 훔쳐먹다니 정말로 부끄러운 일이야. 이건 정말 해서는 안 되는 일인데. 하지만, 나중에 사정을 설명할 수 있겠지. 우리가 보통 인간으로 되돌아간다면, 이 가게를 찾아와서 전부 설명해야겠다."

"아빠. 뭔가 드세요. 이것 봐요, 간 치즈가 너무 맛있어요."
넬라 델라가 말했습니다.
"저는 쿠키를 찾아냈어요."
요하네스가 소리쳤습니다.
"우리가 다시 커진다면……." 브롬 선생은 아직도 말을 하고 있었습니다.
"모두 함께 이 가게를 찾아와서 우리가 먹은 음식값을 지불하자꾸나. 물론 지금 아빠는 돈을 갖고 있지 않아. 아니, 잠깐. 주머니에 아직 10길더 지폐가 들어있을 텐데."

브롬 선생은 조끼 주머니를 뒤져서 작디작은 지갑을 꺼냈습니다. 안에서 손톱만큼 작아진 10길더 지폐가 나타났습니다.

"너무 작군." 선생은 중얼거렸습니다. "이거야, 지폐인지 아닌지 인간이 알아볼 수가 없겠다. 우표보다 작으니 말이야. 내 주머니에 보관해두는 게 낫겠구나."

"자, 아빠. 뭔가 드세요. 아까 그 사람들, 곧 가게 안으로 돌아올지도 몰라요."

넬라 델라가 재촉했습니다.

브롬 선생의 눈은 맛있는 음식을 둘러보느라 여기저기 정신없이 움직였습니다.

생강설탕절임, 청어 통조림, 아몬드, 설탕에 절인 과일, 복숭아, 새우, 비스킷, 둘둘 말린 청어, 마카롱, 레모네이드…….

선생은 현기증이 날 것 같았습니다. 꼬마 난쟁이가 되어버린 지금, 그런 맛있는 음식은 눈이 빙빙 돌 정도로 거대해서 마치 산더미처럼 보였습니다.

"누군가 와요! 빨리, 빨리!" 요하네스가 소리쳤습니다. "카운터 밑 선반에 숨어요!"

"여기예요!"

넬라 델라가 소리쳤습니다. 세 사람은 넬라 델라의 뒤를 따라 식료품이 빽빽하게 쌓여 있는 맨 아랫선반에 겨우 몸을 끌어올렸습니다. 네 사람은 땅콩버터 단지와 커다란 벌꿀빵 사이에 숨었습니다. 거기는 안전해서 안심할 수 있었습니다.

가게 여주인과 전기공이 가게로 돌아오는 소리가 났습니다. 두 사람은 아주 가까이 다가왔습니다. 하지만 브롬 가족은 더 이상 걱정할 필요는 없었습니다. 혹시나 네 사람이 숨어 있는 선반에서 여주인이 뭔가를 꺼내더라도 땅콩버터 단지나 벌꿀빵은 잔뜩 있었으므로 숨을 곳을 찾느라 고생하지 않아도 됐거든요. 선반에는 식료품이 가득했고 네 사람은 아주 작았으니까요.

"앞으로 쭉 여기에 있을 수 있겠어." 넬라 델라가 말했습니다. "먹고 싶은 만큼 먹을 수도 있고. 어머나, 아빠. 아직 아무 것도 드시지 않았네요. 과자 한 조각 드세요."

브롬 선생은 망설였습니다. 선생은 전혀 모르는 사람의, 전혀 모르는 가게에 와서 과자를 몰래 먹는 일은 정말 나쁜 일이라는 생각에 몸이 완전히 굳어서 움직일 수 없었기 때문입니다. 하지만, 점점 너무나 배가 고파서 도저히 참을 수 없을 지경이 되었습니다. 선생은 커다란 벌꿀빵 포장지를 찢어내고 한 입 덥석 물었습니다.

"우리도 먹을래요. 아직 충분히 먹지 않았거든요."

요하네스가 소리쳤습니다.

네 사람은 함께 빵을 게걸스럽게 먹기 시작했습니다. 사각사각 갉아먹으면서 작은 이로 빵을 터널처럼 파고들어갔습니다.

"궁전보다 여기가 훨씬 멋져요!"

넬라 델라가 말했습니다.

"훌륭해!"

다른 세 사람은 볼이 미어터지게 입에 가득 음식을 넣고 말했습니다. 그래요. 그것은 정말 멋진 아침 식사였어요. 하지만 앞으로는 어떻게 될까요?

네 사람은 식료품이 빽빽이 늘어서 있는 선반 위에서 제대로 몸을 움직일 수도 없었습니다. 가게는 하루 종일 손님으로 가득했으므로 네 사람이 선반에서 나오는 건 꿈도 꿀 수 없었습니다. 손님 하나가 나가면 새로운 손님이 들어왔습니다. 한꺼번에 열 명이나 있었던 적도 있었습니다. 그들 바로 옆에는 가게 여주인이 있었습니다. 네 사람은 지루해서 죽을 지경이었습니다. 입을 여는 것도 위험했습니다. 귓속말조차 마음 편히 할 수가 없었어요.

"오늘밤, 창고에 숨을 곳을 찾아보자. 여기 선반도 정말 위험하구나. 분명히 가게 뒤편 어딘가에 창고가 있을 거야."

브롬 선생이 목소리를 작게 해서 말했습니다.

그 순간, 가게 여주인이 휙 돌아서더니 네 사람이 숨어 있는 선반에 놓여 있던 겨자병을 잡았습니다.

그때, 문득 여주인은 벌꿀빵 포장지가 찢어져 있는 것을 발견했습니다. 여주인은 선반에서 빵을 집어들었습니다. 브롬 선생과 다른 세 사람은 잽싸게 마카로니 상자가 산더미처럼 쌓여 있는 뒤쪽의, 가장 어두운 구석으로 숨어들어갔습니다.

"이런, 괘씸한! 쥐야. 쥐가 빵을 갉아먹었어. 아리, 아리!"

여주인이 소리쳤습니다.

열다섯 살쯤 된 소녀가 달려왔습니다.

"아리. 이걸 봐라. 가게에 쥐가 있구나. 지금 당장 선반에 있는 물건을 모두 꺼내렴. 선반 위에 쥐똥이 있는지 잘 살펴보고 청소를 해라. 오늘밤에는 쥐덫을 놓고 가게에 고양이를 풀어놓자. 쥐가 나오다니 이게 무슨 일이람. 10년 동안 우리집에 쥐 따위는 나오지 않았었는데 말이야. 아리, 저 선반을 당장 청소해라."

"예, 알겠습니다."

아리는 고개를 끄덕였습니다.

선반 뒤쪽에 숨어 있던 작은 네 사람은 불안해서 떨기 시작했습니다. 어떻게 해야 할까요? 이번에야말로 분명히 발견되어 버릴 거예요! 들키지 않고 몰래 다른 선반으로 옮겨가는 건 생각할 수도 없었습니다. 아리가 상자와 단지를 모두 치우면 곧바로 발견되고 말 테니까요.

네 사람은 절망해서 서로 얼굴을 마주보았습니다. 넬라 델라는 훌쩍훌쩍 울기 시작했습니다. 위플랄라의 눈이 다시 반짝반짝 빛나기 시작했습니다. 최악의 경우, 위플랄라는 가게에 있는 사람을 죄다 돌로 바꾸어 버리겠지요. 하지만, 브롬 선생은 조용히 말했습니다.

"요술을 쓰면 안 돼. 알고 있지?"

"예, 아빠. 안 쓸게요, 아빠."

위플랄라는 말했습니다.

"제발 저들이 우리에게 나쁜 짓을 안했으면 좋겠다만."

브롬 선생은 떨리는 목소리로 말했습니다.

아리가 빗자루와 걸레를 갖고 왔습니다. 선반 위에 늘어서 있는 단지와 상자를 앞쪽부터 하나씩 내리기 시작했습니다. 작은 네 사람은 아주 깊숙한 곳에 앉아 있어서 아직 아리는 아무 것도 알아차리지 못했습니다.

갑자기 밖에서 '끼이익!' 하고 급브레이크 소리가 났습니다.
"충돌사고다!"
손님들은 크게 소리치고서 무슨 일이 일어났는지 구경하려고 가게 문과 창으로 달려들었습니다.

여주인도, 아리도, 정말로 사고가 났는지 보려고 일을 내팽개치고 가게 입구쪽으로 달려갔습니다. 하지만, 진짜 사고는 없었습니다. 충돌할 뻔했을 뿐이었습니다. 모두들 다시 카운터를 향했습니다. 여주인과 아리는 일을 계속했습니다.

"요즘은 자동차 사고가 많다니까. 아리, 선반 청소는 끝났니?"
여주인은 말했습니다.
"쥐똥은 없던데요. 선반에서 단지랑 포장된 물건을 모두 치우고 봤는데 아무 것도 없었어요."
아리는 말했습니다.
"그래? 다행이다. 하지만, 그래도 오늘밤엔 고양이를 가게에 풀어두자."
여주인은 말했습니다.

치즈를 산더미처럼 쌓아올린 뒤쪽의 바닥에서 브롬 선생과 위플랄라와 넬라 델라와 요하네스가 떨고 있었습니다. 사고라고 소란을 피우면서 인간들이 바깥을 내다보고 있을 때, 네 사람은 번개

처럼 잽싸게 선반에서 내려와서 재빨리 치즈 뒤쪽에서 숨을 곳을 찾아냈던 것이었습니다.
 하지만 얼마나 오랫동안 여기서 무사히 있을 수 있을까요? 역시 네 사람은 여기서 발견될 운명일까요?

 9. 병원

네 사람은 발견되지 않았습니다. 그 날 하루 종일 발견되지 않고 무사히 지나갔던 것입니다. 6시쯤 되자 가게의 불이 꺼졌습니다. 가게 여주인은 장어와 청어, 소시지 따위를 모두 냉장고에 집어넣고 가게 안을 구석구석까지 깔끔하게 정돈했습니다. 아리가 바닥을 청소했지만 고맙게도 치즈가 산더미처럼 쌓여 있는 뒤쪽을 쓰는 것은 잊어버렸습니다.

"자, 이제 정리는 됐다. 고양이는 가게에 풀어놨고."

여주인이 말했습니다.

가게 문을 닫고 여주인과 아리가 가게에서 나갔습니다. 그때까지 브롬 가족은 말뚝처럼 꼼짝 않고 숨어 있었습니다.

위플랄라가 치즈 뒤쪽에서 불쑥 얼굴을 내밀었다가 곧바로 쏘옥 들어갔습니다.

"저쪽에 있어요."

"뭐가 있니? 고양이?"

넬라 델라가 살짝 엿보았습니다.

예쁜 수고양이가 있었습니다. 얼굴과 수염과 발끝만 하얗고 몸통은 새까만, 멋진 수고양이입니다. 브롬 가족은 모두들 고양이를 아주 좋아했기 때문에, 난쟁이가 되기 전이었다면 모두 기뻐하며 고양이 옆에 가서 쓰다듬어 주었을 거예요.

하지만, 만약 여러분이 생쥐만큼 작은 난쟁이라면, 생쥐가 고양이를 무서워하듯이 여러분도 고양이가 무섭겠지요. 지금의 브롬 가족이 그랬습니다. 고양이를 보고는 마치 생쥐처럼 얼어붙고 말았습니다.

"어이구, 우리는 생쥐와 다를 것이 하나도 없구나. 빵이랑 치즈를 훔쳐먹고 고양이가 나타나면 숨다니."

브롬 선생이 말했습니다.

"저 고양이, 벌써 우리 냄새를 맡았어요. 이쪽으로 다가오고 있어요."

요하네스가 소리쳤습니다.

"저기, 괜찮겠죠……?"

위플랄라의 손이 벌써 움직이고 있었습니다.

"괜찮아, 위플랄라." 브롬 선생이 진지하게 말했습니다. "사실은 그렇게 하지 않았으면 좋겠다만, 지금은 너의 힘을 빌어서 목숨만은 구해야 하니까. 저 고양이가 있으면 우리 목숨이 위험하지.

위플랄라, 나중에 반드시 저 고양이를 원래대로 되돌려 놓아야 한다. 지금은 요술을 거는 수밖에 없겠구나."

"아빠, 벌써 했어요. 보세요, 고양이는 돌이 되어 버렸어요."

요하네스가 말했습니다.

네 사람은 치즈 뒤쪽에서 나왔습니다. 고양이는 코를 하늘로 향하고 한쪽 발을 들어올린 채로 서 있습니다. 그것은 까맣고 예쁜 고양이 석상이었습니다.

"가엾은 고양이. 네가 하루빨리 되살아날 수 있도록 진심으로 기원할게."

넬라 델라는 다정하게 말했습니다.

"이젠 여기서 도망칠 방법을 생각해야 해. 누가 뭐래도 이 가게는 너무 위험해. 낮에는 엄청나게 많은 사람들이 드나들고 밤에는 고양이가 오니까. 지금은 고양이는 돌이 되어 있지만, 내일 아침에 고양이가 돌이 되어 있는 것을 여주인이 알게 되면 대소동이 일어날 테니까."

"하지만, 아빠. 조금 더 이 주위를 돌아다녀도 되요?"

넬라 델라가 물었습니다.

"되고말고. 하지만 너무 많이 먹으면 안 된다. 이미 충분히 먹었을 테니까."

버찌랑 자두랑 예쁜 분홍빛 복숭아가 눈 앞에 잔뜩 있는데 먹지 않고 참는 것은 정말 힘든 일이었어요. 말린 과일도 잔뜩 있었습니다. 모두들 이것저것 조금씩 뜯어서 먹었습니다.

"나를 보세요."

넬라 델라가 말했습니다. 넬라 델라는 커다란 과일 케이크 꼭대기에 앉아 있었습니다. 위플랄라는 무화과 열매 사이에 앉아 있었습니다. 그리고, 요하네스는…….

"살려줘!"

누군가의 비명소리가 들렸습니다. 요하네스의 목소리였습니다.

"요하네스, 어디에 있니?"

"여기요. 통 속이에요. 살려줘요, 익사할 것 같아요. 손이 떨어질 것 같아. 살려줘요!"

세 사람은 요하네스의 목소리가 들려온 쪽으로 달렸습니다. 식초에 절인 오이가 가득 들어 있는 통이 있었습니다. 요하네스는 그 통 속에서 식초의 바다에 떠 있는 오이를 힘겹게 붙들고 매달려 있었습니다. 가끔씩 목 부근까지 가라앉았습니다. 무서운 광경이었습니다.

세 사람은 무척 애를 써서 겨우 요하네스를 끌어올렸습니다. 요하네스는 엄청나게 신 냄새를 풍겨서 젖은 넝마조각 같았습니다.

브롬 선생이 나무라는 듯한 목소리로,

"이렇게 되어도……."

하고는 그냥 입을 다물었습니다. 네 사람 모두 막대기처럼 꼼짝도 하지 않았습니다. 바로 가까이에서 갑자기 두 명의 인간 목소리가 들렸던 것입니다. 한 마디 말도 없이, 모두들 곧바로 숨을 곳을 찾았습니다.

바로 옆에 커다란 과일 바구니가 있었습니다. 바구니에는 오렌지, 무화과, 견과류, 사과잼 병조림이 들어 있습니다. 네 사람은 그 바구니로 뛰어들어 과일과 병조림 사이로 깊숙이 숨어들었습니다.

아까의 여주인 목소리가 났습니다.

"오늘밤 안에 배달하겠다고 약속해 버렸단다."

그러자, 소년이 코맹맹이 소리로 대답을 했습니다.

"하지만 밖에서 조금만 놀고 싶어요."

"놀아도 좋아, 얀. 하지만, 그 전에 이 바구니를 병원에 갖다줬으면 좋겠어. 바로 저기잖니. 어린이 병원 2층 6호실이야."

어머니인 여주인이 말했습니다. 브롬 가족은 모두들 숨을 죽였습니다.

"내일 하면 안 될까요?"

얀은 다시 코를 킁킁거렸습니다.

"안 돼. 지금 바로 가거라."

어머니의 목소리가 엄해졌습니다.

"어? 엄마, 저 고양이가 이상해요."

이제 얀의 목소리는 코맹맹이 소리가 아니라 놀란 목소리로 바뀌어 있었습니다.

"고양이가 어쨌다고?"

어머니는 흠칫 놀라서 입을 다물고 말았습니다. 어머니와 얀은 고양이 쪽으로 다가갔습니다. 위플랄라는 사과 사이로 머리를 앞쪽으로 내밀고는 손을 앞으로 뻗었습니다.

얀의 목소리가 다시 들렸습니다.

"이상하다. 엄마, 믿을 수 있어요? 내가 지금 방금 고양이 등을 만져봤을 때는, 꼭 돌 같았거든요. 그런데, 보세요, 이젠 보통 고양이가 됐어요. 내가 꿈을 꾼 걸까? 나비야, 쥐 많이 잡았니?"

"야~옹."

고양이는 한 번 울고는 코를 흥흥거리면서 과일 바구니쪽으로 걷기 시작했습니다.

"자, 빨리 가거라."

어머니가 소년에게 말했습니다. 얀은 바구니는 들고 가게 밖으로 나갔습니다.

바구니 안에서 작은 네 사람은 킥킥 웃었습니다. 영리한 위플랄라가 때맞춰 고양이를 되살려놓았던 것입니다.

아무튼 네 사람은 가게 밖으로 나온 것이었습니다. 하지만 병원에 간다고 하네요. 새로운 위험과 새로운 걱정이 기다리고 있겠죠.

소년은 아주 조심스럽게 바구니를 나르고 있는 것 같았습니다. 주위는 캄캄해서 바구니 안에 숨어 있는 네 사람의 눈에는 아무 것도 보이지 않았습니다. 네 사람은 과일 아래 깊숙한 곳에 꼼짝 않고 앉아 있었습니다.

"우리는 병원으로 가는 거야."

브롬 선생이 속삭였습니다.

"그렇게 되면 발견되어 버릴 거예요."

넬라 델라가 슬픈 목소리로 말했습니다.

요하네스는 아무 말도 하지 않았습니다. 식초통에서 목욕을 해서 아직도 정신을 차리고 있지 못한 것 같았습니다.

위플랄라도 입을 다물고 있었습니다. 화난 얼굴로 바나나를 붙

들고 있었습니다. 눈살을 찌푸리고 주먹을 꼬옥 쥐고 있었습니다. 만약의 경우 스스로를 지킬 결심을 하고 있었던 것입니다.

소년이 병원 수위와 이야기하는 목소리가 들려왔습니다. 바구니가 2층으로 운반되고 있는 것을 알 수 있었습니다. 그리고나서 한참 뒤, 쥐죽은 듯 조용해진 뒤에 갑자기 여자 아이 목소리가 났습니다.

"저거 나한테 온 거야? 또 과일이네. 과일은 많은데. 하지만, 뭐, 아무튼 고마워."

여자 아이는 바구니를 침대 옆에 두었습니다. 하지만 아직 아무 것도 알아차리지 못하고 있었습니다. 바구니 안의 네 사람은 꿈틀 하지도 않았습니다. 아마도 아픈 작은 여자 아이는 곧바로 바구니를 열어보지는 않겠지요.

요하네스는 포도 사이에 앉아 있었습니다. 거기는 다른 세 사람보다 높은 곳이었습니다. 슬쩍 바구니 밖을 엿보니 아이가 침대에 누워 있었습니다. 아주 귀엽고 창백한 얼굴을 한 여자 아이였습니다. 방안에 있는 것은 그 아이 혼자였습니다. 다리라도 부러졌나? 많이 아픈 걸까? 그렇다면 여자 아이가 잠들면 몰래 달아날 수 있을지도 몰라, 하고 요하네스는 생각했습니다.

그런데, 작은 여자 아이가 베개에서 머리를 들고 바구니쪽으로 코를 가까이 댔습니다.

"식초네. 식초 냄새가 나. 과일 바구니 안에 식초가 들어 있을 리가 없는데……."

여자 아이는 중얼거렸습니다. 그리고, 코를 벌름거렸습니다. 요하네스는 당황해서 포도송이 뒤로 틀어박혀 숨었습니다. 그 바람에 자두와 사과가 쓰러졌습니다.

브롬 선생이 "아얏!" 하고 소리쳤습니다. 선생은 바나나와 잼병 사이에 끼여버렸고, 넬라 델라는 뒤집혀 넘어졌고, 위플랄라는 하마터면 바구니 밖으로 굴러떨어질 뻔했습니다.

아픈 여자 아이는 "꺄악!" 하고 비명을 질렀습니다. 그리고, 도깨비라도 보는 듯한 눈으로 바구니를 응시했습니다.

"뭐, 뭐야?" 무서운 듯이 소리쳤습니다.

넬라 델라는 마음을 굳게 먹고 벌떡 일어나서 과일 사이를 헤치고 여자 아이의 침대 위로 뛰어내렸습니다.

"얘, 무서워하지 말아. 제발 부탁이야. 나는 너와 똑같은 보통 여자 아이야. 다만, 작을 뿐이란다. 부탁이니 초인종을 누르지 말아줘. 사람을 부르지 말아줘."

넬라 델라는 부탁했습니다.

아픈 여자 아이는 초인종 쪽으로 뻗고 있던 손가락을 거두어 들였습니다. 하마터면 버튼을 누르려던 순간이었습니다.

"넌 누구니?"

여자 아이는 조심조심 물었습니다. 하지만 호기심으로 가슴이 두근거리고 있는 듯했습니다.

10. 로티와 작은 네 사람

"내 이름은 넬라 델라야. 아빠도 같이 계셔. 아, 여기, 과일 바구니에서 나오시네. 쟤가 동생 요하네스고, 저쪽이 위플랄라야."

"네 명의 작은 인형이네. 살아 있는 인형이야."

여자 아이는 기쁜 듯이 말했습니다. 그리고, 손뼉을 치면서 눈을 반짝반짝 빛냈습니다.

"우린 인형이 아냐." 요하네스가 발끈해서 말했습니다. "보통 인간이야. 다만, 일이 잘못되서 이런 꼬마 난쟁이가 되어 버린 것뿐이라구. 넌 이름이 뭐니? 많이 아파?"

"난 로티라고 해. 벌써 석 달 동안이나 이렇게 누워 있어. 있잖아, 당신들을 간호사에게 보여줘도 될까? 야간 담당 간호사는 정말 좋은 사람인데."

"안돼!"

모두가 소리쳤습니다.

브롬 선생은 로티의 베개에 뛰어올라가서 그 이유를 이야기하기 시작했습니다. 심각한 얼굴이었습니다.

"얘야, 부탁이니, 우리를 간호사에게도, 의사에게도, 다른 누구에게도 보이지 말아다오. 우리들, 너는 무섭지 않아. 왜냐하면 넌 나쁜 짓을 할 사람 같지는 않거든."

"당연하죠. 난 여러분을 못살게 굴거나 하진 않아요."

라고 말하고 로티는 얼굴이 붉어졌습니다.

"내가 무슨 생각을 한 거야. 죄송해요. 여러분이 너무 갑자기 뛰어나와서 너무 기뻐서 그랬어요."

"놀라는 것도 당연하지. 하지만, 우리는 커다란 인간이 무섭단다. 대부분의 어른들은 우리가 이렇게 되어버린 상황을 이해해주지 않거든. 그러니까, 만약에 우리를 발견하면 엄청난 소동을 부리면서 우리를 가두고 구경거리로 만들어서 돈을 벌려고 할 거야. 그렇지 않으면 우리를 '학술적'으로 연구하겠지. 그러니까 우리는 발견되는 것이 무섭단다."

선생이 말했습니다.

"하지만 당신들은 어떻게 저 바구니로 들어갔어요? 그리고 어디서 왔나요? 난 당신들도 선물 중 하나라고 생각했어요. 이 과일은 나의 아주머니가 보내주신 거거든요. 아주머니가 당신들을 바구니 안에 넣은 건 아니겠죠?"

로티가 물었습니다.

"어떻게 해서 이렇게 되었는지 내가 자세히 이야기할게."
요하네스가 말했습니다.
"넌 가만히 있어. 내가 이야기할 거야."
넬라 델라도 목소리를 높였습니다.
두 사람은 서로 자기가 설명하고 싶어서 티격태격 싸우기 시작했습니다.
"번갈아서 하거라. 요하네스, 네가 먼저 하렴."
브롬 선생이 말했습니다.
두 사람은 지금까지 있었던 일을 하나도 남김없이 로티에게 들려주었습니다. 로티는 눈을 빛내면서 듣고 있었습니다. 이야기가 끝나자 로티는 위플랄라를 손바닥에 올려놓고 오랫동안 지그시 바라보았습니다.
"얘, 이 사람들을 원래대로 커지게 할 수 없을까?"
로티는 위플랄라에게 물었습니다.
위플랄라는 언제나 그렇듯이 미안한 얼굴을 했습니다.
"안 되네요. 그러려면 뭔가를 먹으면 되거든요. 그것만 찾아내면 다시 이 사람들을 커지게 해줄 수 있어요. 그런데, 그게 뭔지 잊어버렸어요."
"어머, 간호사가 와요. 빨리 이 탁자 서랍 안으로 들어가요!"
로티가 속삭였습니다. 로티는 브롬 가족 네 사람을 붙잡아 곧장 침대 바로 옆에 있는 탁자의 서랍 안에 넣었습니다.
캄캄한 서랍 안에서 네 사람은 간호사가 방안에서 뭔가 하고 있는 소리를 듣고 있었습니다.
 물론 네 사람의 눈에는 간호사의 모습은 보이지 않았습니다. 하지만 목소리는 들렸습니다.
 "로티, 볼이 꽤 빨갛구나. 자, 열을 재볼까? 지금까지 자고 있었니? 꿈을 꾼 거니? 그렇지 않으면 그냥 흥분한 것뿐이야?"
 "예, 그래요. 으응, 아니오."
 로티는 가슴이 두근거렸습니다.
 "오렌지를 벗겨줄까? 아니면 다른 과일이 좋을까?"
 "예예, 부탁해요. 간호사 언니. 오렌지 말고도 복숭아랑 자두랑 사과 두 개, 그리고 견과도 조금요."
 "어머, 그렇게 많이? 넌 지금까지 과일을 조금도 먹고 싶어하지 않았잖아."
 "어머나, 하지만 지금은 아주 먹고 싶어요."
 "그래그래. 접시에 산더미같이 담아줄게."
 간호사는 방에 30분 정도 머문 다음 나갔습니다. 간호사가 나가자 로티는 다시 서랍을 열었습니다.
 "자, 나와도 좋아요. 가 버렸으니까요." 로티는 작은 목소리로 말했습니다. "기다려요, 도와줄 테니까. 보세요, 과일이 접시에 산더미처럼 있어요. 먹고 싶은 만큼 먹을 수 있어요."
 로티는 침대 위에 냅킨을 펼쳤습니다. 곧바로 모두들 먹기 시작했습니다. 맛있는 식사였습니다.
 "너도 먹어야 해. 몸에 좋으니까."

브롬 선생은 로티에게 말했습니다.

"저는 아무 것도 먹고 싶지 않아요. 질렸어요. 좀더 먹으면 기운을 차리겠지만요. 벌써 석 달 동안이나 아픈 걸요. 처음에는 다른 아이들과 함께 있는 방에 있었어요. 하지만 의사 선생님이 저는 혼자 있는 것이 좋다고 하셨어요."

"하지만 넌 혼자서 이런 곳에 있는 것이 싫지 않니? 아빠랑 엄마는 얼마나 자주 만날 수 있니?"

넬라 델라가 물었습니다.

"그럼, 날마다 만나고 있지. 하루에 두 번씩 만나기도 해. 아빠도 엄마도 아주 나에게 아주 잘해주신단다. 문병오는 사람들 모두 다정하게 대해줘. 면회시간에는 친구들이랑 사촌이랑 아주머니들이 와주시구 말야. 그리고, 이런저런 소식을 들려주고 장난감이나 과자도 갖다줘. 그래서 난, 아주 어리광을 부리고 있어."

로티의 얼굴은 쓸쓸한 듯했습니다.

"하지만 집에 돌아가고 싶지?"

요하네스가 물었습니다.

"그래. 학교에도 가고 싶고, 수영장에도 가고 싶어. 길거리에서 언제나 하던 놀이도 하고 싶고, 줄넘기도 하고 싶어. 난 말이야, 다리를 건널 때 물에 침을 뱉는 걸 아주 좋아했어. 다시 한 번 해보고 싶어. 하지만, 이런 일을 생각하다니, 터무니없는 걸까?"

"그렇지 않아. 난 너의 기분 잘 알아. 나도 지금은 이미 평범한 아이가 아니니까 네 기분을 이해할 수 있어. 친구들과 장난을 치거나 팔짱을 끼고 길을 걷거나, 마음껏 깔깔거리거나, 그런 일을 하고 싶어서 견딜 수 없으니까. 지금 우리는 도망자가 되어 버렸고 세상의 인간들로부터 쫓기고 있는 것 같은 기분인걸."

넬라 델라가 말했습니다.

"여러분은 여기 있어야 해요. 방에 아무도 없을 때는 우리끼리 사이좋게 놀 수 있어요. 다섯 명이 함께요. 이야기를 하거나 재미있는 놀이를 하거나 식사도 할 수 있구요. 이것 봐요, 나도 오렌지를 먹을게요."

로티는 맛있다는 듯이 과일을 먹기 시작했습니다.

"누군가 방에 들어오면 아니, 복도에 발소리가 들리면 나는 언제나 곧바로 알아차리거든요. 그러면 여러분을 서랍에 넣어줄게요. 누구도 서랍 안은 엿볼 수 없어요. 그 서랍만은 나 혼자만의 거예요. 그러니까, 결코 어느 누구도 안을 들여다볼 수 없어요."

"여기서 산다구?"

브롬 선생이 중얼거렸습니다.

"그래요, 아빠. 우리 여기서 살아요. 로티가 우리를 지켜줄 테니까 걱정할 것 없어요. 여기라면 먹을 것도 있구요. 그렇지, 로티? 우리들, 너의 음식을 조금 나눠먹어도 괜찮겠지?"

요하네스가 말했습니다.

"좋지, 좋고말고. 먹고 싶은 만큼 먹어도 돼." 로티는 미소를 지었습니다. "내가 여러분의 옷을 입히고 벗겨줄게요. 내 침대에서 함께 재워도 줄게요."

로티는 브롬 선생을 집어올려 옷을 벗기려 했습니다.
"그만둬, 그만둬! 내버려둬. 나는 내가 알아서 할 테니까. 농담이 아니야."
선생은 소리쳤습니다.
로티는 아하하, 소리내서 웃었습니다. 갑자기 아주 건강해진 것 같았습니다.
"알았어요. 옷을 벗겨주는 건 그만둘게요. 하지만 여기에 있어 줄 거죠?"

"잠시 동안은 있으마."
선생은 답했습니다.
"혹시 위플랄라가 나의 병을 낫게 해줄까? 얘, 너는 요술을 쓸 수 있지?"

로티는 위플랄라를 집어올려 자신의 얼굴 옆으로 가져갔습니다. 위플랄라는 진지한 얼굴을 하고 로티를 바라보았습니다.

"아픈 사람을 낫게 하지는 못해요. 그렇게 하고 싶기는 한데 안 되네요. 나는 확실히, 요술은 약간 부릴 수 있어요. 우리 위플랄라

들은 그것을 재미있는 일을 한다고 말해요. 하지만 나는 재미있는 일을 별로 잘 하지 못해요."

위플랄라는 슬픈 듯이 말했습니다.

"우린 어디서 잘까?" 요하네스가 물었습니다. "그래, 로티. 네 침대 자락에서 자도 돼? 특이한 모양의 가늘고 긴 베개가 있네. 네 사람 모두 거기에 누울 수 있겠다. 정말 깨끗한 침대야."

이렇게 해서 브롬 선생 일가는 병원의 로티의 방에 머물게 되었습니다. 네 사람은 로티의 침대 자락에서 깔끔하게 모포에 포옥 감싸여서 잠을 잤습니다. 브롬 가족은 로티의 식사를 함께 먹었습니다. 로티를 위해 노래를 부르고 침대 위를 이리저리 뛰어다니며 술래잡기를 하거나 여러 가지 놀이를 했습니다.

하지만, 누군가 방안에 들어오면 곧바로 네 사람은 서랍 안으로 숨었습니다. 때로는 너무 게임에 열중해서 복도의 발소리를 듣지 못한 적도 있었습니다. 문의 손잡이를 돌리는 소리에 깜짝 놀라서 허둥거리면서 마치 메뚜기처럼 달아난 적도 있었습니다. 덕분에 모두들 달아나는 속도가 아주 빨라졌습니다.

브롬 가족에게 면회 시간은 가장 지루한 시간이었습니다. 오랫동안 한 마디도 못하고 캄캄한 서랍 안에서 꼼짝 않고 있어야 했거든요. 그런 일이 몇 번 계속된 뒤에 로티가 말했습니다.

"서랍을 조금 열어둘게. 그러면, 소리는 들리겠지? 사물도 조금은 보일 거고 말이야."

그때 이후, 네 사람은 면회 시간에 살짝 엿볼 수 있게 되었습니다. 로티의 아빠와 엄마를 보았습니다. 로티의 친구들이랑 사촌도 보았습니다. 한 번은 장난꾸러기 사촌이 서랍을 향해서 손을 뻗으면서,

"이 안에는 뭐가 들어 있어?"

하고 물었습니다.

로티는 사촌의 손을 찰싹 때리면서 고함을 쳤습니다.

"손 치워!"

"네 물건을 훔칠 생각은 없어."

사내아이는 투덜거리면서 부루퉁한 얼굴로 빨개졌습니다.

"거긴 내 서랍이야. 다른 사람이 엿보는 건 싫단 말이야."

로티는 훌쩍거리며 울었습니다.

"그래그래, 로티."

곁에 있던 로티의 어머니가 로티를 달랬습니다.

"너만의 장소가 하나쯤은 있어야 한다는 건 알고 있단다. 누구도 보면 안 될 장소가 말이야."

서랍 안에서 브롬 선생 일가는 떨고 있었습니다. 이런 식이었으므로 면회 시간이 끝나면 네 사람은 언제나 안심했습니다. 그리고, 며칠이 지나자 네 사람은 소리만 들어도 방에 있는 사람이 간호사인지, 문병온 손님인지, 아니면 의사 선생님인지 구별할 수 있게 되었습니다.

의사 선생님인 핑크 선생은 아주 듣기좋은 목소리를 가진 분이었습니다. 한 번은 이런 말을 하는 것이 들려왔습니다.

"요즘 넌 식욕이 아주 좋구나. 갑자기 뭔가 네 기분을 좋아지게 한 일이 있었던 건 아니냐? 그래서 잘 먹기 시작한 거니?"

이 말을 듣고 브롬 가족은 아주 기뻐했습니다. 로티가 다른 사람들처럼 먹을 수 있게 된 것은 순전히 브롬 선생 덕분이었습니다. 선생은 로티가 식사를 하는 동안에 로티에게 이야기를 들려주었습니다. 그것은 아주 재미있고 긴 이야기였기 때문에, 로티는 자기도 모르는 사이에 접시를 깨끗이 비우고 말았던 것입니다.

 11. 친절한 핑크 선생

 로티는 병원의 서늘하고 하얀 방의 하얗고 작은 침대에 두 손을 머리 밑에서 깍지끼고 누워 있었습니다.
 "예. 기분이 좋아요. 아주아주 좋아졌어요."
 로티가 말했습니다.
 "좋은 소식이야. 앞으로 열흘만 있으면 너는 집으로 돌아가도 된단다. 어때? 기쁘지?"
 핑크 선생은 말했습니다.
 "집에 돌아간다구요!"
 로티는 깜짝 놀랐습니다.
 "그렇단다, 돌아가도 좋아. 넌 이제 환자가 아니야. 멋지지? 집에 돌아갈 수 있단 말이지."
 "돌아가고 싶지 않아요."

로티는 흠칫 놀란 듯이 벌떡 일어났습니다.

핑크 선생은 잠시 입을 다물고 로티를 바라보았습니다.

"도대체 왜 그러는지 말해줄 수 있겠니? 왜 너는 무서워하고 있지? 누구를 두려워하고 있는 거지? 반드시, 내게 이유를 들려줬으면 좋겠구나."

로티는 머리를 옆으로 흔들며 도리질을 했습니다. 로티의 눈에 눈물이 넘쳐흘렀습니다.

"그래? 우리는 지금까지 사이좋은 친구였지. 그래서 선생님은 네가 뭔가 힘든 일이 있다면 이유를 가르쳐줄 거라고 생각했는데. 하지만, 네가 입을 다물고 있다고 해서 내가 화를 낼 거라고 걱정할 필요는 없단다. 나는 화를 내거나 실망하지 않아. 비밀을 갖고 싶다고 생각한다면 그래도 된단다. 그러니까, 이야기를 하고 싶지 않다면 아무 것도 이야기하지 않아도 좋아."

로티는 하얀 이불을 쑤욱 끌어올렸습니다.

"나는 다만 너의 힘이 되어줄 수 있을지도 모른다고 생각했을 뿐이란다."

핑크 선생은 말했습니다.

"선생님, 만약에 저의 비밀을 말씀드려도 선생님은 아무 것도 하지 않으실 건가요?"

로티는 물었습니다.

"주의해서 들을게. 깊이 생각해가면서 이야기를 들으면 네 말을 이해할 수 있겠지. 너를 진심으로 알아준다면 너도 나를 무서워하지 않을 테니까."

"그렇다면……, 이야기할게요……." 로티는 휴우, 하고 한숨을 쉬었습니다. "선생님, 진지하게 들어주실 거죠? 사실은 곤경에 빠진 친구가 있어요."

핑크 선생은 묵묵히 듣고 있습니다.

"아버지와 두 아이예요. 그러니까, 남자 아이와 여자 아이, 그리고 그들의 친구가 한 명 있어서 모두 네 명이에요."

"그 사람들은 면회 시간에 여기에 오니? 나는 본 적이 없는 것 같은데."

"아니오, 면회 시간에 오는 건 아니에요. 그 사람들은 이 방에 아무도 없을 때, 그러니까 간호사 언니도 의사 선생님도 없을 때만 나타나요."

"하지만 어떻게 들어오는데? 창문으로 들어오니?"

핑크 선생은 전혀 모르겠다는 얼굴을 했습니다.

"근처에서 들어오지 않아도 되요. 왜냐면 그 사람들은 언제나 이 방에 있거든요."

로티는 속삭이듯이 말했습니다.

"언제나라구!"

핑크 선생은 주위를 한 번 둘러보고는 로티를 가만히 쳐다보았습니다.

"선생님은 제가 헛소리를 하고 있다고 생각하시죠?"

로티가 웃었습니다.

"자세히 말할게요. 그러니까, 아버지는 브롬 선생이라는 분이에요. 아주 학식이 높은 분으로 책을 쓰고 있지요. 선생은 이 마을에 있는 집에서 두 명의 아이와 함께 살고 있었어요. 어느 날, 어떤 친구가 선생의 집으로 찾아왔지요. 그 애는 평범한 친구가 아니었답니다. 아주 작은 사내아이였어요."

그렇게 말하고, 로티는 집게 손가락과 엄지 손가락으로 작은 사내아이의 키를 만들어보였습니다.

"그 작은 친구는 위플랄라라는 이름이었어요. 브롬 가족의 집에 함께 살게 되었지요. 선생네 식구들은 위플랄라를 좋아하게 되었어요. 그런데 핑크 선생님, 이 위플랄라는 요술을 조금 부릴 줄 알거든요. 위플랄라는 그 요술을 '재미있는 일'이라고 불러요. 위플랄라는 그 재미있는 일을, 약간이지만 할 수 있는 거예요. 그래서 곤란한 거죠. 만약에 위플랄라가 능숙하게 그 요술을 사용할 수 있다면 브롬 가족들은 곤란한 처지에 놓이지 않게 되었을 거예요. 하지만, 위플랄라는 능숙하게 요술을 사용할 수 있는 날도 있고, 잘 안 되는 날도 있거든요."

로티는 잠시 침묵했습니다. 그리고, 탐색하는 듯한 눈으로 핑크 선생을 보았습니다. 로티는 안심했습니다. 핑크 선생의 얼굴은 진지했습니다. 어처구니 없다고 생각하는 기색은 전혀 없었습니다. 또한, 아주 깜짝 놀란 듯하지도 않았기 때문입니다. 그러기는커녕, 아주 재미있어 하고 있는 듯했습니다.

"어느 날……." 로티는 말을 이었습니다. "네 사람은 레스토랑에 갔어요. 하지만, 식사가 끝났을 때 브롬 선생은 계산을 치르지 못하게 되고 말았지요. 돈이 모자랐던 거예요. 그러자, 레스토랑 매니저는 네 사람을 사무실에 가두고 순경을 불렀지요. 그때, 위플랄라가 세 사람을 자기 정도 크기의 난쟁이로 바꿔버렸기 때문에 모두들 무사히 거기에서 도망쳤지요. 하지만 그때부터 브롬 선생과 두 아이들은 생쥐 정도의 크기가 되어버렸어요."

로티는 핑크 선생을 바라보았습니다. 선생은 한 마디도 하지 않고 로티의 다음 이야기를 기다렸습니다.

"네 사람은 여기저기 떠돌아다녔어요. 인간에게 발견되지 않도록 조심해야 했지요. 왜냐면 난쟁이가 된 네 사람에게는 인간이 무서운 존재가 되어버렸거든요."

핑크 선생은 끄덕였습니다.

"마지막으로, 네 사람은 우연히 과일 바구니 안에 숨었어요. 그 바구니가 제가 있는 여기로 배달되어 온 거예요. 저는 네 사람을 발견했지요. 네 사람은 저와 친구가 되었어요. 그 사람들은 오늘까지 벌써 몇 주 동안이나 제 방에 있었어요. 우린 정말 즐겁게 지냈어요."

로티의 얼굴은 활짝 밝아졌습니다.

핑크 선생은 로티에게 몸을 앞으로 숙이고 말했습니다.

"그래서 네가 건강해졌던 거로구나. 너는 언제나 쓸쓸해하면서 집을 그리워하고 있었지. 심심해하고 있었고. 하지만, 지금은······. 그렇지, 그 사람들은 어디에 있니?"

로티는 선생의 마지막 말은 못 들은 척했습니다.

"그 사람들은 제게 아주 친절하게 대해주었어요. 방에 아무도 없을 때에는 침대 위에 올라오지요. 제가 먹을 음식을 사이좋게 나눠먹고 재미있는 놀이를 하면서 놀기도 하구요. 밤에는 제 침대 끝에서 잠을 자요. 간호사라든지 누군가 오면 네 사람은 번개처럼 빨리 숨어버려요. 한 번은, 간호사 언니가 열을 재러 왔을 때 네 사람은 아직 침대 위에 있었지요. 그래서, 당황해서 매트리스 밑으로 기어들어가서 하마터면 숨이 막혀 죽을 뻔하기도 했답니다. 그래서 몰래 그 친구들을 숨기는 일은 조금 무서워요. 그 사람들도 여기서는 완전히 행복하지는 않아요. 핑크 선생님, 그 사람들은 슬프답니다. 작아진 상태로 지내야 하고 자기들 집으로 돌아갈 수도 없거든요."

"왜 돌아갈 수 없는데?"

핑크 선생님이 물었습니다.

"그건요, 집에 있다가 가정부인 딩어만스 아줌마에게 들켜버렸거든요. 그래서, 안심하고 자기 집에서 살 수가 없는 거지요. 그 사람들은 어디에 있어도 안심할 수 없어요. 여기서 저와 함께 있는 동안에만 안전해요. 제가 그 사람들을 지켜주고 있으니까요. 예, 핑크 선생님, 저는 열심히 그 사람들 용기를 북돋아주고 달래주었어요. 그리고, 지금까지는 잘 달래왔구요. 제가 이렇게 건강해진 것은 그 덕분이에요. 다른 사람을 위로해주려면 먼저 제가 건강해져야 하잖아요. 핑크 선생님, 제 말뜻을 아시겠죠?"

"알다마다. 당연히 알지."

핑크 선생은 꼼짝 않고 생각한 다음, 말했습니다.

"하지만, 우린 아직 몇 주 동안은 이런 생활을 계속할 생각이었어요. 왜냐면, 더 나쁜 일이 일어나는 것보다는 이대로가 낫잖아요. 그런데, 그럴 수가 없게 되었어요. 요하네스가 병이 났거든요."

"요하네스라면, 작은 소년 말이냐?"

"그래요. 소년요. 그래서 제가 핑크 선생님한테 모두 털어놓자고 했어요. 처음에 네 사람은 싫다고 했지요. 하지만 마침내 찬성해주었어요. 핑크 선생님, 제발 아무 짓도 하지 말아 주세요. 다른 누구에게도 말하지 않겠다고 약속해 주세요."

"약속하마."

핑크 선생은 진지한 얼굴로 말했습니다.

"그 사람들은 여기 있어요."

로티는 침대 발치에 놓아둔 큼직한 초콜릿 상자를 끌어당겼습니다. 그것은 무척 커다란 상자였습니다. 아마도 초콜릿이 몇 개나 들어 있었을 거예요. 하늘색과 분홍색 꽃무늬가 그려진 예쁘고 둥근 종이 상자였습니다. 로티는 상자를 열었습니다. 안에는 브롬 선생, 넬라 델라, 요하네스, 위플랄라, 네 사람이 나란히 누워 있었습니다.

네 사람은 은박지 안에 누워 있었습니다. 요하네스는 작은 탈지면 이불을 덮고 있었습니다. 위플랄라는 으르렁거리면서 뾰족한 작은 이를 드러냈습니다. 무서워하고 있는 것입니다. 하지만 다른

세 사람은 미소를 지었습니다. 맨 먼저 브롬 선생이 일어섰습니다. 상자에서 나와서,

"핑크 선생님, 안녕하십니까?"

하고, 악수를 하려고 손을 내밀었습니다.

"어이구, 안녕하십니까?"

핑크 선생님은 브롬 선생의 작은 손을 잡고 악수했습니다. 넬라델라와 위플랄라도 상자에서 나왔습니다. 요하네스만은 여전히 누워 있었습니다. 요하네스의 얼굴은 새빨갛고 상당히 열이 있는 것 같았습니다. 요하네스는 탈지면 이불을 잡아당겨서 푹 뒤집어썼습니다.

"이 방에 또 한 명의 작은 환자가 있었단 말이군. 지금까지 내가 진찰했던 환자 가운데 가장 작은 환자로구나. 자, 스웨터와 셔츠를 벗으려무나, 어디 보자."

핑크 선생님은 매우 조심스럽게 작은 요하네스를 진찰했습니다. 처음에 작은 혀를 보고, 맥을 짚고, 그 다음에 돋보기를 사용해서 요하네스의 목구멍 안쪽을 들여다보았습니다.

"가벼운 편도선이군. 작은 알약을 주마. 모포에 폭 싸여서 가만히 누워 있어야 한다. 모포라는 건, 그러니까 탈지면이지만."

"그래요, 핑크 선생님. 저는 선생님께 저희들 일을 털어놓아서 오히려 마음이 놓였습니다. 앞으로 어쩔 생각이십니까?"

브롬 선생이 물었습니다.

"아무 것도 안 할 겁니다. 저는 절대로 아무 짓도 하지 않겠다고

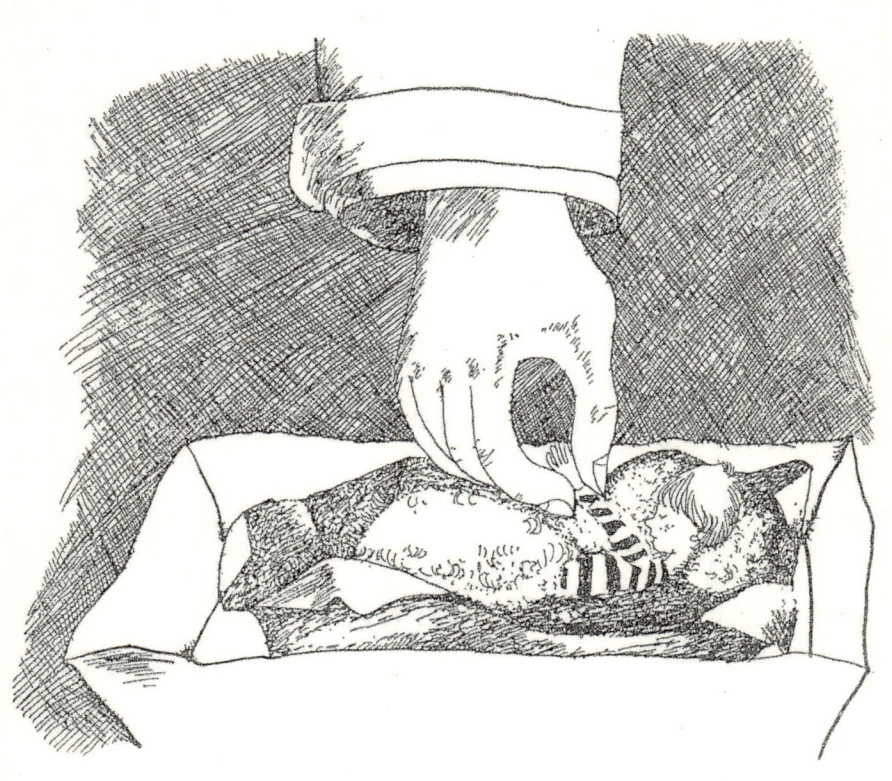

로티에게 약속했습니다. 하지만, 혹시 뭔가 제가 할 수 있는 일이 있다면 말씀해 주십시오."

"저기……, 우리의 바람은 딱 하나입니다. 다시 원래대로 커지는 것이지요. 선생은 우리를 원래대로 되돌려 놓을 수는 없겠지요. 그걸 할 수 있는 건 위플랄라뿐이니까요. 위플랄라가 그 방법을 생각해내기만 한다면 좋겠어요."

브롬 선생이 말했습니다.

위플랄라는 자신없는 듯이 걱정스러운 눈으로 핑크 선생을 보고 있었습니다.

"언젠가는 생각해낼 거예요. 뭐라고 하는 먹거리를 먹으면 되는데, 그것의 이름을 잊어버렸거든요."

"핑크 선생님, 그 동안에 이 사람들은 내 방에 있어야만 해요."
로티가 말했습니다.

"로티. 네가 여기 있는 동안은 괜찮아. 하지만, 한 가지 조건이 있단다. 간호사 티너씨에게 말해야겠구나."

모두들 입을 다물고 망설이는 얼굴을 했습니다.

"아무래도 그렇게 해야 한단다. 티너씨를 부르자."

핑크 선생은 말했습니다.

하지만 일부러 부를 필요가 없었습니다. 복도에 발소리가 들렸던 것입니다. 브롬 선생은 달아나려 했습니다. 하지만 핑크 선생님이 말렸습니다.

"걱정마십시오. 내가 잘 말할테니까요."

그때 간호사가 방으로 들어왔습니다.

"티너씨, 이쪽으로 오시오."

핑크 선생님이 말을 걸었습니다.

간호사 티너는 중년 여성이었습니다. 살이 찌고 조용하고 엄격한 사람입니다. 핑크 선생님은 티너의 턱을 들어올리고 티너의 눈을 살펴보았습니다. 티너는 침대쪽을 볼 틈이 없었습니다.

"티너씨, 당신에게 나와 로티의 친구들을 소개하고 싶어요. 그 친구들은 평범하지 않답니다. 꺄악, 같은 소리 하지 않겠다고 약속해 주시오."

"약속하겠습니다."

티너는 침착했습니다.

"그럼, 봐도 좋아요."

핑크 선생은 티너씨의 턱을 놓았습니다.

티너는 로티의 침대를 보았습니다. 꺄악, 하지는 않았습니다. 기절도 하지 않았습니다. 태연자약하게,

"안녕하세요?" 하고 말했습니다.

"안녕하세요." 브롬 가족도 인사를 했습니다.

"저는 진작부터 알고 있었어요."

티너가 말했습니다.

"거짓말! 그럴 리가 없어요!"

로티가 소리쳤습니다.

"지난 번에 이 방에 들어오다가 뭔가 작은 생물이 너의 서랍 안으로 살금살금 달아나는 것을 봤단다. 그때 나는 이렇게 생각했지. 저것이 내가 봐서는 안 되는 것이라면 그냥 못본 척하자고 말야. 난 이상한 것을 좋아하지 않으니까."

"와아, 당신은 천사예요. 자, 여러분, 넬라 델라가 나의 땋은 머리로 줄넘기 하는 것을 보세요."

로티는 길고 까만 땋은 머리를 빙빙 돌렸습니다. 그것을 넬라 델라가 팔짝팔짝 뛰어넘었습니다. 모두 웃었습니다.

"간호사, 응급환자요. 이 상자 안에 있어요. 그 환자에게 오렌지 주스를 조금 줘요."

핑크 선생이 말했습니다.

간호사 티너는 싱긋 웃고 말했습니다.

"비밀이 없어서 정말 기뻐요. 사이좋게 지내자구요."

12. 도둑놈 리퀴스 렐

"자자, 이대로 평생 못 만날 것도 아닌데 왜 그렇게 슬퍼해요."
핑크 선생이 말했습니다.

브롬 선생은 눈물을 글썽이며 로티의 침대 위에 서 있습니다. 그 옆에 넬라 델라와 요하네스와 위플랄라가 나란히 서서 각자 가슴이 터질 정도로 울고 있었습니다. 로티도 흑흑 흐느껴 울어 베개가 흠뻑 젖었습니다.

"얘, 로티. 슬퍼할 일은 하나도 없잖니. 너는 건강해져서 내일은 집으로 돌아가는 거야. 기쁜 일 아니니?"
핑크 선생이 말했습니다.

"네네-, 네네-."
로티는 흐느껴 울면서 말했습니다.

"그렇고말고. 게다가 요하네스도 완전히 건강해졌고 말야. 브롬 가족은 모두 나의 멋진 새 서류가방에 들어가 차를 타고 함께 나가는 거야. 시골의 아주 기분좋은 집으로 가는 거란다. 그 집에는 아주 좋은 할머니가 살고 있어서 브롬 가족을 소중하게 대해줄 거야. 그 집에 있으면 안전하지. 좋은 계획이라고 생각하는데."

"그렇지요."

브롬 선생과 넬라 델라와 요하네스는 끄덕거렸습니다. 하지만, 위플랄라만은 약간 의심하고 있는 듯했습니다.

"그럼 나갑시다."

핑크 선생이 말했습니다.

로티는 다시 한 번 작은 친구들을 한 사람씩 안아올려 입을 맞추었습니다.

"곧 만나러 와줘."

넬라 델라가 말했습니다.

"건강하게 지내라. 맛있는 것을 많이 먹어야 한다."

브롬 선생이 말했습니다.

"모두모두 고마웠어요."

하고 말하고, 요하네스는 작은 손으로 로티의 코를 살짝 쓰다듬었습니다.

"그럼, 또 만나요."

위플랄라가 말했습니다.

그런 다음 네 사람은 핑크 선생의 가방 바깥 주머니로 들어갔습니다. 주머니는 지퍼로 잠기게 되어 있었습니다.

"지퍼는 열어둘게요. 당신들의 숨이 막혀 버리면 큰일이니까요. 하지만 머리를 내밀지 않도록 조심해요. 사람들에게 발견되면 곤란하니까요."

핑크 선생이 말했습니다.

드디어 핑크 선생이 방을 나갈 때가 왔습니다. 네 사람은 로티에게 손을 흔들어서 마지막 인사를 했습니다. 그리고 가방의 바깥 주머니 안쪽으로 숨어들었습니다.

핑크 선생은 복도를 지나서 문지기에게 인사를 하고나서 자신의 자동차가 있는 곳으로 가서 앉아서 가방을 운전석 옆자리에 놓았습니다. "자." 핑크 선생이 말했습니다. "이제 밖을 봐도 괜찮아요. 바깥 세상 구경한 지 꽤 오래 되었죠?"

네 사람은 가방에서 머리를 내밀고 밖을 보았습니다. 오랜만에 높은 집들이랑 자동차랑 많은 사람들이 걷고 있는 거리를 보자 네 사람은 두근두근했습니다. 마을은 시끌벅적해서 보고 있자니 눈이 핑핑 돌 것 같았습니다.

네 사람은 지금은 이런 시끌벅적한 마을에는 익숙하지 않았습니다. 병실은 아주 조용했기 때문입니다.

"자, 그럼, 도중에 한 집에 들르겠습니다. 환자를 한 사람 진료해야 하거든요. 괜찮겠죠?"

핑크 선생은 운하 가까이의 도로에 차를 세웠습니다.

"10분 뒤에 돌아올게요. 당신들은 가방 밖으로 안 나오는 게 좋겠어요. 누군가 차 안을 엿볼지도 모르니까요."

핑크 선생은 나갔습니다.

작은 네 사람은 가방 안에서 꼼짝 않고 있었습니다. 그리고, 지금부터 방문할 집은 어떤 곳일까 이야기를 나누었습니다.

"그 할머니는 어떤 분일지 너무 궁금해요."

넬라 델라가 말했습니다.

"그래. 실은 아빠도 아까부터 그 집에 가면 정말 자유롭게 지낼 수 있을까 걱정하고 있었단다. 어디든지 가고 싶은 곳으로 갈 수 있을까, 자물쇠가 채워진 방에 갇히는 건 아닐까, 하고 말이다."

브롬 선생이 말했습니다.

"그렇게 되면 할머니의 눈을 피해서 도망치죠."

요하네스가 말했습니다.

이렇게 네 사람이 소곤소곤 이야기를 하고 있을 때, 리퀴스 렐이라는 남자가 운하 옆을 어슬렁어슬렁 걸어오고 있었습니다. 리퀴스 렐은 착한 사람이라고는 할 수 없는 남자였습니다. 아니, 착하기는커녕, 다루기 힘든 나쁜 놈이었습니다. 기회만 있으면 좀도둑질을 하는 남자였거든요. 리퀴스 렐은 강도라 불릴 만큼 전문적인 도둑은 아니었습니다. 하지만, 커다란 백화점에서 진열되어 있는 물건을 슬쩍 훔쳐서 달아나거나, 찻집에서 여자의 지갑을 날치기하거나, 역에서 다른 사람의 여행가방을 낚아채는 일 정도는 지금까지 몇 번이나 해왔습니다. 그렇습니다. 리퀴스 렐은 다른 사람의 물건을 훔칠 기회만 있으면 아무렇지도 않게 도둑질을 하는 남자였던 거예요.

핑크 선생이 운하 가까이에 차를 세우는 것을 리퀴스 렐이 우연히 보고 있었습니다. 심지어 선생은 차문을 닫지도 않은 채 서둘러서 떠났던 것입니다.

차 옆에 서서 안을 들여다보면 좀 어때, 하고 리퀴스 렐은 생각했습니다. 그리고, 몰래 문으로 다가갔습니다. 리퀴스 렐은 문의 손잡이를 돌리고 문을 열었습니다. 조수석에 놓여 있던 가방을 낚아채자 시미치를 뚝 떼고 천천히 걷기 시작했습니다. 의심받지 않도록 서두르고 있는 듯한 모습은 조금도 보이지 않고 천천히, 아주 천천히 걸었습니다.

가방 안의 네 사람은 가방째 몽땅 들어올려졌다는 것을 알아차렸습니다. 핑크 선생이 벌써 돌아온 건가, 하고 놀랐습니다. 왜냐하면, 네 사람 모두 선생 아닌 다른 사람이 가방을 집어들고 걷기 시작할 것이라고는 꿈에도 생각지 못했기 때문이었습니다.

네 사람은 일제히 가방 주머니에서 머리를 내밀었습니다.

"어, 벌써 돌아오셨어요?"

리퀴스 렐은 움찔해서 갑자기 말뚝처럼 뻣뻣해졌습니다. 가방이 말을 했던 것입니다. 가방 안에서 목소리가 들렸던 것입니다. 아주 작은 목소리였지만 틀림없는 인간의 목소리입니다. 이 가방에는 트랜지스터 라디오가 들어 있는 거야, 하고 리퀴스 렐은 생각했습니다. 리퀴스 렐은 가방을 보았습니다. 바깥 주머니가 있었습니다. 거기에서 네 개의 작은 얼굴이 매우 놀란 듯이 이쪽을 바라보고 있었습니다.

리퀴스 렐은 겁쟁이였습니다. 그리고 소심한 성격이고 미신을 잘 믿었습니다. 이 가방에는 요술이 걸려 있나보다, 이렇게 생각하자 갑자기 무서워졌습니다. 갑자기, 소름끼치는 가방을 하늘높이 들어올려 되도록 멀리 운하를 향해 휙 던져버렸습니다.

2, 3초 동안, 가방 안의 네 사람은 몸이 공중으로 뜬 것을 느꼈습니다. 그리고나서 가방은 텀벙, 하고 물보라를 일으키며 운하에 떨어졌습니다. 눈깜짝할 사이에 물이 가방 안으로 밀려들어와 작은 네 사람은 눈도 코도 물에 잠기게 되었습니다.

브롬 선생은 어떻게 해서 가방 밖으로 나왔는지 기억이 없습니다. 정신을 차리고 보니 물 속에서 헤엄치고 있었습니다. 주위를 둘러보자 넬라 델라가 바로 옆에서 헤엄치고 있었습니다.

"요하네스는 어디 있니?" 브롬 선생은 큰 소리로 말했습니다.

"아빠, 여기예요."

요하네스의 머리가 물 위로 나타났습니다.

"위플랄라는 있니?"

브롬 선생과 요하네스와 넬라 델라는 헤엄을 치면서 주위를 찾았습니다. 하지만 위플랄라는 보이지 않았습니다.

"위플랄라, 위플랄라. 얘, 어딨니?"

넬라 델라는 걱정이 되어 필사적으로 찾았습니다. 대답이 없었습니다.

"위플랄라는 헤엄을 못 치는 거야. 익사할 거야."

요하네스가 신음하듯 말했습니다.

"아니, 혹시 가방에서 못 빠져나온 건지도 모르겠구나."

브롬 선생이 말했습니다. 가방은 아직 둥둥 떠 있었습니다. 브롬 선생은 서둘러서 가방이 있는 곳까지 헤엄쳐 갔습니다.

위플랄라의 작은 팔이 가방 주머니에서 밖으로 빠져 나와 있었습니다. 세 사람은 함께 위플랄라를 잡아당겼습니다. 위플랄라는 반쯤 정신을 잃고 있었습니다. 그리고 당장이라도 물 속으로 끌려 들어갈 듯했습니다. 세 사람은 위플랄라의 머리를 받쳐가면서 운하에서 헤엄쳤습니다. 겨우 위플랄라가 눈을 떴습니다.

"아마도 여기 가까이에 오리가 있을 거예요."

위플랄라가 말했습니다.

"위플랄라, 저기 오리가 있어. 저기까지 헤엄쳐가자."

요하네스가 말했습니다.

몸집이 작아서 아무리 열심히 헤엄을 쳐도 좀처럼 앞으로 나아갈 수 없었습니다. 하지만, 마침내 그 커다란 오리가 있는 곳에 이르렀습니다. 그것은 반질반질 빛나는 청록색 깃털을 가진 커다란 수컷 오리였습니다.

위플랄라가 꽥꽥, 하고 오리의 말로 이야기를 시작했습니다. 위플랄라는 오리의 말을 알고 있었거든요. 오리는 진지하게 듣고 있었습니다. 하지만, 무뚝뚝한 것 같지는 않습니다.

"오리가 우리를 물가까지 데려다준대요. 자, 오리 등에 타요."

위플랄라가 말했습니다.

운좋게 이미 밤이었습니다. 그래서 캄캄한 운하 위에서 작은 네 사람이 오리 등에 탄 것을 본 사람은 아무도 없었습니다. 오리는 아주 침착하게 유유히 물 속을 헤엄쳐갔습니다.

"오리가 계단이 있는 곳을 알고 있대요. 거기서부터라면 둑 위로 올라갈 수 있을 거래요."

"그곳으로 데려가 달라고 하자. 어떻게 해서든지 마른 땅이 있는 곳으로 올라가야 하니까."

브롬 선생이 말했습니다.

오리는 다리 밑을 여러 개 지나갔습니다. 때때로 오리는 물 속에 부리를 집어넣어 뭔가 먹을 것을 잡거나, 위플랄라에게 꽥꽥, 하고 말을 걸기도 했습니다. 이윽고 물가에 닿았습니다. 물가에는 계단이 열 개쯤 있는 가파르고 작은 철제 다리가 붙어 있었습니다.

"꽥."

위플랄라가 오리에게 고맙다는 인사를 한 것 같았습니다.

"꽥."

오리가 대답했습니다. 아마도 "천만에."라고 말했겠지요.

네 사람은 한 명씩 차례차례 오리 등에서 계단으로 내려섰습니다. 오리에게 공손히 고맙다는 인사를 하고는 계단을 올라갔습니다. 오리는 날개를 한 번 흔들고는 유유히 돌아갔습니다.

네 사람이 서 있는 곳은 암스테르담 운하를 따라 있는 길의 나무 밑이었습니다. 주변은 캄캄해서 지나가는 사람들의 모습은 보이지 않았습니다. 이미 밤이 꽤 깊었습니다. 네 사람은 춥고 물에 젖어 있었습니다.

"지금쯤 핑크 선생님은 우리가 차에서 달아났다고 생각하고 계실 거야."

넬라 델라가 의기소침하게 말했습니다.

"그렇게 생각하지는 않을 거다. 우리가 함께 들어올린다 해도 우리 힘으로는 그 무거운 가방을 운반할 수 없다는 것 정도는 핑크 선생님은 잘 알고 있을 테니까. 가방을 도둑맞았다는 걸 알아주실 거야, 분명히."

브롬 선생이 말했습니다.

"깜짝 놀라셨겠지요."

요하네스가 말했습니다.

"분명히, 선생님은 로티에게는 이 사실을 아직 말하지 않았을 거예요."

라고 말한 것은 위플랄라였습니다.

"그럼, 핑크 선생에게 전화를 걸어야 해."

브롬 선생이 말했습니다.

"전화요? 어디서 걸죠?"

"집 안에서지."

"어떤 집에 가서 전화 좀 빌려달라고 부탁하는 건가요?"

"아니야, 아니야. 누군가의 집에 살짝 숨어들어가는 거야. 그 집 사람이 잠이 들면 전화를 거는 거지."

"그렇다면 이 집에 좋겠어요. 여기는 꽤 멋진 집이니까 분명히 전화가 있을 거예요."

넬라 델라가 눈 앞에 있는 집을 가리켰습니다.

그 집 지하실에는 쇠창살로 된 창문이 있었습니다. 쇠창살 사이를 통과해서 숨어드는 것은 식은 죽 먹기일 것 같았습니다. 곧바로, 네 사람은 크고 아름다운 부엌으로 숨어들었습니다. 부엌에는 아무도 없었습니다. 난로에는 불이 활활 타오르고 있었고, 그 위에서 찻주전자가 노래를 부르고 있었습니다. 따뜻하고 기분좋은 방이었습니다.

난로 뒤에 산더미 같은 장작이 있었습니다. 네 사람은 옷을 벗어서 장작에 널어 말렸습니다. 옷이 마르는 사이에 네 사람은 체조를 해서 몸을 따뜻하게 했습니다.

"자, 새로운 집에 왔다만, 이 집은 우리를 위해 뭘 준비해 두고 있을까?"

브롬 선생은 한숨을 쉬었습니다.

 13. 운하 옆의 집

운하 옆에 있는 그 집에는 두 명의 여자가 살고 있었습니다. 미스 아델러와 미스 루이저라는 두 명의 독신 할머니였습니다. 두 사람은 아주 기품있고 예절바르고 무척 규칙적이고 꼼꼼한 사람들이었고, 고리타분한 생각을 갖고 있었습니다.

때마침 그 무렵, 두 사람은 아름답고 넓은 응접실에서 마호가니 탁자를 향해 앉아 있었습니다. 두 사람 앞에는 크라셔가 서 있었습니다.

크라셔는 하녀였습니다. 시골에서 올라온 아직 어린 소녀였어요. 검은 옷을 입고 있는 두 여주인의 엄격한 얼굴을 보고 크라셔는 무척 겁을 먹고 있었습니다.

"크라셔. 난 오늘 아침에 저 호두나무로 된 작은 장롱 위에 손목시계를 올려두었어. 그것이 보이지 않는구나. 어떻게 된 거지?"

미스 아델러가 말했습니다.

"몰라요. 마님. 전 시계 따위 본 적도 없는데요."

크라셔는 더듬더듬 말했습니다.

"이 방에는 우리하고 너말고는 아무도 없지. 누군가가 그 시계를 갖고 있음에 틀림없어. 네가 가져간 거니?"

"아니에요. 마님. 진짜로, 시계 따위 본 적도 없어요. 전 절대로 아무 것도 가져가지 않았어요."

크라셔는 울기 시작했습니다.

미스 루이저가 이야기에 끼여들었습니다.

"크라셔. 너는 우리 집에 온지 여섯 달이 되었지. 아주 열심히 일했다고 생각해. 그런데 이런 일이 일어나다니 유감이구나. 네가 정직하지 않다는 사실이 밝혀지다니."

"하지만, 전 정직해요. 도둑질 따위는 한 적이 없어요." 그녀는 울부짖었습니다.

"그럼 누가 그 시계를 갖고 갔을까? 누군가 갖고 간 것은 분명하잖아."

미스 루이저는 차가운 목소리로 말했습니다.

"경찰을 부르실 건가요?"

크라셔는 흐느껴 울었습니다.

"아니아니, 그러지는 않겠다. 너를 해고하지도 않을 거고. 뭐, 오늘은 말이지. 요즘은 하녀를 구하기도 상당히 어려우니까. 그러니까 크라셔, 이번만은 너그럽게 봐주겠어."

미스 아델러가 말했습니다.
"하지만, 의심받는 건 참을 수 없어요."
크라셔의 목소리는 떨리고 있었습니다.
"당연하지. 우리도 싫단다. 알겠니? 오늘부터 우리는 절대로 너한테서 눈을 떼지 않을 거야. 자, 함께 이층에 가자. 재봉틀을 원래 있던 곳으로 되돌려 놓는 일을 거들어다오."
미스 루이저가 퉁명스러운 목소리로 말했습니다.
두 사람은 몸을 꼿꼿이 세우고 방을 나갔습니다. 두 사람 뒤에서 크라셔가 흐느껴 울면서 졸졸 따라 나갔습니다. 젖고, 꼬깃꼬깃

해진 손수건을 손에 꼬옥 쥐고 있었습니다. 응접실은 텅 비어서 쥐 죽은 듯해졌습니다.

텅 비었다구요? 아니요, 사실은 그렇지 않았습니다. 피아노 밑에 네 명의 난쟁이들, 즉 브롬 가족과 위플랄라가 살짝 숨어 있었거든요.

무척 고생을 한 끝에 네 사람은 마침내 이 방에 숨어들었던 것입니다. 30분쯤 전에 네 사람은 아래층에서 위층으로 올라왔습니다. 그것은 엄청난 여정이었습니다. 하지만, 아주 조심했기 때문에 누구에게도 들키지 않고 마침내 이 응접실까지 온 것입니다. 응접실 문에는 틈새가 있었기 때문에, 그것을 통과하자 문 바로 가까이에 놓여 있던 피아노 밑으로 몰래 기어들어갔습니다.

두 할머니와 크라셔가 나가버리자 피아노 밑에서 네 사람이 나왔습니다.

"지금 이야기 들었어요?" 넬라 델라가 화가 나서 말했습니다. "저 할머니들은 나쁜 사람들이야. 크라셔라는 아가씨에게 한 말 들었죠? 저 아가씨가 시계를 훔친 것 같지는 않아요. 그렇죠, 아빠?"

"응. 나도 그렇게 생각한단다. 넬라 델라. 네 말대로 이 집 부인들은 아무래도 좋은 사람들이 아닌 것 같다. 붙잡히지 않도록 아주 조심해야겠다. 그런데, 너희들 전화를 봤니?"

"봤어요. 저기 낮은 탁자 위에 놓여 있어요."

요하네스와 위플랄라가 소리쳤습니다.

"그러냐. 그럼, 서두르자. 저 사람들은 곧 돌아올 거야. 재빨리

하지 않으면 전화를 걸 시간이 없어진다."

곧바로 네 사람은 전화가 놓여 있는 낮은 탁자로 기어올라갔습니다. 하지만 전화를 거는 것은 엄청난 일이었습니다. 먼저 전화번호부에서 번호를 찾아야 했기 때문이었습니다.

"핑크의 '프' 부분을 펴는 거야. 핑크 선생은 밤에는 집에 있을 테니까. 선생의 집으로 전화해서 되도록 빨리, 우리를 데려가 달라고 부탁하자꾸나. 얘들아, 좀 도와주지 않겠니? 나 혼자서는 이 두터운 전화번호부를 펼치지 못하겠구나."

네 사람은 힘을 합쳐서 겨우 '페'가 나온 페이지를 펼쳤습니다.

"어디 보자, 페인스트라, 페어만, 펠트하위스, … 앞으로 두어 페이지다. 빨리, 빨리! 그렇게 꾸물꾸물하면 안 되지. 아, 있다! 페예이 핑크 의사. 자, 이번엔 넷이서 수화기를 드는 거야. 영차, 알겠니? 위로 들거라. 진짜 무겁구나. 좋아, 잘했다."

수화기가 전화에서 떨어져 바닥에 놓였습니다.

"모두 함께 다이얼을 돌리자. 다 같이, 당겨! 영차, 간다!"

아이고아이고, 정말이지 허리가 휘는 듯한 힘든 노동이었습니다. 하지만 마침내 번호를 모두 돌렸습니다. 브롬 선생이 수화기의 말하는 쪽에 쭈그리고 앉고, 아이들은 귀에 대는 쪽에 찰싹 몸을 붙였습니다.

"여보세요, 핑크 선생님? 여보세요, 핑크 선생님이지요?"

브롬 선생은 최대한 크게 소리를 질렀습니다.

"핑크입니다."

하는 목소리가 들렸습니다.

"핑크 선생님. 저는 브롬입니다. 저희는 가방 속에 있었는데, 도둑놈이 그 가방을 훔쳤어요. 지금 루르 운하 근처의 어떤 집에 있습니다. 나이든 부인 두 명이 살고 있는 집입니다. 그 두 사람의 이름은……."

브롬 선생은 주위를 둘러보았습니다.

"끝장이다! 두 사람의 이름을 몰라!"

"아빠, 주터카스! 주터카스예요. 여기 있는 수첩에 그렇게 씌어 있어요!"

요하네스가 소리쳤습니다.

"알았다. 아, 여보세요, 핑크 선생님, 루르 운하의 주터카스라는 여자입니다. 저희는 그 사람들의 집에 있습니다."

브롬 선생은 수화기에 대고 큰소리로 말했습니다.

전화선 너머에서 핑크 선생은 잠깐 동안 입을 다물고 있었습니다. 그리고나서 갑자기, 모든 상황을 이해했다는 듯이 목소리를 높였습니다.

"뭐라구요! 루르 운하의 주터카스라는 사람의 집이라구요! 지금 바로 데리러 가겠습니다. 하지만, 그 집의 어디에 계시는 겁니까? 아무리 그래도 함부로 그 집으로 쳐들어갈 수는 없으니까요. 어떻게 하면……."

그때, 위플랄라가 소리쳤습니다.

"달아나요, 달아나! 누군가 와요!"

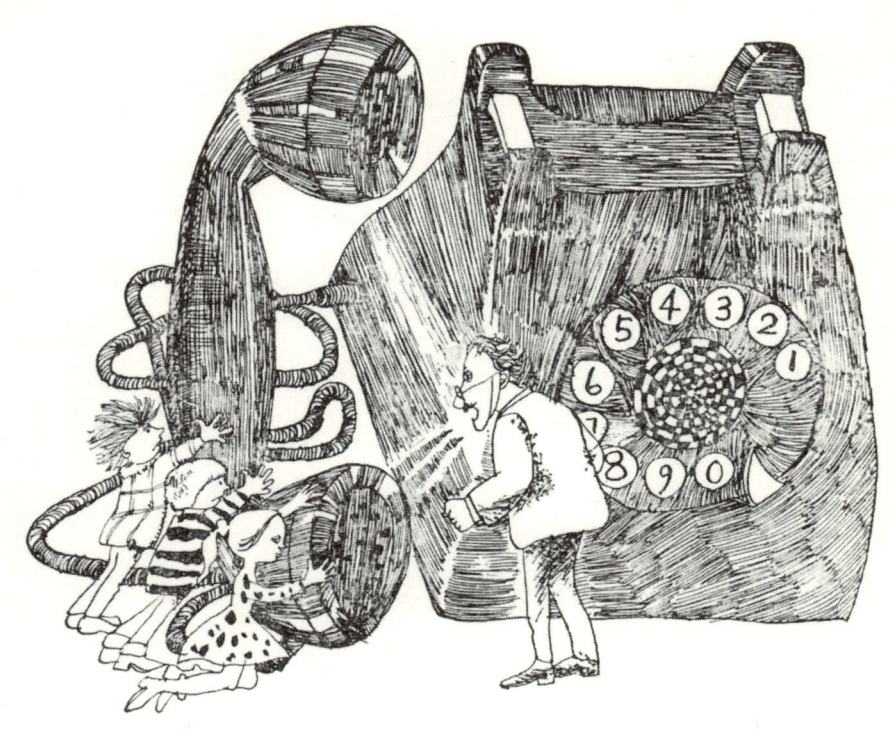

    네 사람은 수화기를 내팽개치고 서둘러서 식탁보를 타고 내려갔습니다. 그리고, 호두나무로 만들어진 오래된 장롱 밑으로 달아났습니다.
    방에 들어온 사람은 미스 아델러였습니다. 미스 아델러는 의자 위에 놓여 있는 비단으로 된 작은 손가방 안에서 뭔가를 꺼냈습니다. 방을 나가려 할 때 전화가 눈에 들어왔습니다.
    "이상하네. 수화기가 내려져 있다니. 어떻게 된 거지? 아까는 제대로 올려져 있었는데."

투덜투덜하면서 미스 아델러는 전화기로 다가가 수화기를 똑바로 올려놓았습니다. 그리고는 방을 나갔습니다.

"다시 나갔어."

브롬 선생이 소곤거리는 목소리로 말했습니다.

"다시 한 번 전화를 걸까? 아니, 그럴 필요는 없겠지. 핑크 선생이 알았으니까 분명히 오늘밤 안으로 돌아와 줄 거야. 그때까지 이 장롱 밑에서 기다리자."

"핑크 선생님이 빨리 와주시면 좋겠어요." 넬라 델라가 한숨을 쉬었습니다. "이 집에 있으면 마음이 놓이지 않아요. 어머나, 위플랄라, 너 뭘 하고 있는 거니?"

위플랄라가 벽쪽에서 배를 땅에 대고 있었습니다. 그리고, 끙끙거리면서 뭔가를 끌어당기고 있습니다. 자세히 보자, 위플랄라가 좁은 틈에서 튀어나와 있는 반짝반짝 빛나는 리본을 잡아당기고 있었습니다.

"금이잖아. 알았다. 손목시계의 장식이야. 시계가 벽과 양탄자 사이의 틈새에 떨어져 있는 거야."

넬라 델라와 다른 두 사람도 위플랄라를 도왔습니다. 시계는 곧바로 빼낼 수 있었습니다.

"어이구, 몸이 작은 것도 때로는 편리하구나. 어디 보자, 이것을 어떻게 하지? 그렇지, 저기 의자 위에 있는 미스 아델러의 비단 손가방에 넣어두자."

브롬 선생이 말했습니다.

네 사람은 시계를 의자가 있는 곳까지 질질 끌고 갔습니다. 의자에 기어올라가 시계를 손가방 안에 떨어뜨리고는, 곧바로 다시 장롱 밑으로 되돌아왔습니다. 네 사람이 숨어든 바로 그때에 부인들과 크라셔가 돌아왔습니다.

"루이저 언니, 오 드 콜로뉴(향수)를 조금 쓰시겠어요?"

미스 아델러가 물었습니다.

"고마워, 아델러."

미스 루이저가 대답했습니다.

미스 아델러는 비단 손가방을 열고 오 드 콜로뉴를 찾았습니다. 갑자기, 미스 아델러의 눈동자가 휘둥그레졌습니다. 입이 딱 벌어진 채로 다물어지지 않았습니다.

"왜 그러니?"

미스 루이저가 커다란 목소리를 냈습니다.

미스 아델러는 손가방 안에서 금시계를 집어올려 높이 올려서 보였습니다.

"내 손가방 안에 들어 있어요. 어머나, 어찌된 일일까요?"

미스 아델러는 말을 더듬었습니다.

"아아, 잘됐네요. 찾아냈잖아요. 이젠 제가 훔치지 않았다는 것을 아시겠지요."

크라셔가 소리쳤습니다.

"미스 아델러. 이번 일은 진정으로 당신의 부주의라고 할 수 있군요. 시계는 처음부터 당신의 손가방 안에 있었던 거예요."

미스 루이저가 말했습니다. 미스 아델러는 부끄러워서 고개를 숙였습니다.

호두나무 장롱 밑에서는 브롬 선생과 넬라 델라와 위플랄라와 요하네스가 서로 마주보며 조용히 히죽히죽 웃고 있었습니다.

14. 핑크 선생과 두 부인

"이 장롱 밑에 숨어든 뒤로 얼마나 지났을까?"
요하네스가 아함, 하고 하품을 했습니다.
"그런 큰 소리를 내면 안 돼. 저 사람들 귀에 들렸다간 우릴 찾으러 올 거 아니냐."
브롬 선생이 작은 목소리로 요하네스를 나무랐습니다.
"핑크 선생님은 정말로 오늘 밤 안에 와줄까요?" 넬라 델라가 조용히 물었습니다.
"이 집 사람이 모두 잠들어버리면 도둑놈처럼 숨어들어올 생각일까요?" 넬라 델라는 목을 쭉 빼고서 방안을 엿보았습니다. 미스 루이저와 미스 아델러가 커다랗고 둥근 탁자 옆에서 각자 안경을 끼고 책을 읽고 있었습니다.
"어, 저건 현관 벨소리 아니냐. 들어보렴."

브롬 선생이 말했습니다.

네 사람은 귀를 기울였습니다. 크라셔가 복도를 걸어가서 현관문을 여는 소리가 들렸습니다.

그리고나서, 바로 응접실 문을 두드리는 소리가 나고 크라셔의 얼굴이 나타났습니다.

"어떤 남자분이 마님들과 이야기를 나누고 싶다고 왔는데요."

"남자분? 어떤 남자분이신데? 성함은 여쭤보지 않았니?"

미스 아델러가 말했습니다.

"핑크 선생님이라는 의사 선생님이에요. 아주 잠깐만, 마님들과 이야기를 나누고 싶다고 말씀하셨어요."

"그래? 좋아. 핑크 선생을 들여보내줘."

미스 루이저가 말했습니다.

크라셔가 물러가고, 대신에 핑크 선생이 방에 들어왔습니다.

호두나무 장롱 밑에서 네 사람은 숨을 죽이고 있었습니다. 드디어 친절한 핑크 선생이 왔습니다. 자신들을 데려가려 와준 것입니다. 핑크 선생은 약속을 지켜 브롬 가족을 못본 척하지 않았습니다. 네 사람은 할 수만 있다면, 지금 당장이라도 핑크 선생이 있는 곳으로 달려나가 "선생님, 저희는 여기에 있어요. 어서 데려가 주세요." 하고 소리치고 싶어서 견딜 수 없었습니다.

하지만, 그랬다간 모든 것이 엉망이 된다는 것쯤은 알고 있었습니다. 앞으로 조금 더 기다리는 것이 좋겠지요. 과연, 핑크 선생님은 이제 어떻게 할까요?

"선생님, 앉으시지요."

미스 루이저가 점잖을 빼며 조금 딱딱하게 말했습니다.

"고맙습니다."

핑크 선생은 빌로드로 된 의자 가운데 하나에 걸터앉았습니다.

선생은 가죽가방을 의자 옆에 두었습니다. 장롱 아래에서 작은 네 사람이 숨을 죽이고 선생을 바라보고 있었습니다. 핑크 선생의 가방은 새로 산 서류가방 같았습니다. 그리고 역시, 바깥쪽에 주머니가 붙어 있었습니다. 그리고 주머니는 커다랗게 입을 벌리고 있었습니다. 아주 커다란 입이었습니다. 가방은 네 사람이 숨어 있는 장롱에서 겨우 1, 2미터 떨어진 곳에 있었습니다. 네 사람이 가방이 있는 곳까지 달려가서 숨어드는 것은 식은죽 먹기인 것 같았습니다.

하지만, 어떻게 아무에게도 들키지 않고 2미터 정도 방 안을 달려갈 수 있을까요. 두 사람의 부인은 당연히 네 사람을 발견하지 않겠어요? 그러므로, 조금 더 기다리는 것이 좋겠지요. 하지만, 핑크 선생이 브롬 가족을 위해서 일부러 거기에 가방을 둔 것만은 틀림없습니다.

"선생님, 차를 드시겠어요?"

미스 아델러가 물었습니다.

"아니요, 괜찮습니다. 친절은 감사합니다만 괜찮습니다."

핑크 선생은 말했습니다.

"어떤 용건으로 찾아오셨는지요?"

미스 루이저의 말은 정중했지만 말투는 상당히 차가웠습니다.

핑크 선생은 눈에 띄게 허둥지둥하며 얼굴이 새빨개져서 약간 말을 더듬었습니다.

"사실은 저기, 지금 댁 앞을 지나치던 길이었습니다. 무척 실례되는 일이지만, 갑자기 방안을 구경해보고 싶어졌습니다. 왜냐면, 운하 근처에 있는 오래된 집이 어떻게 생겼는지 흥미가 있어서요."

"호오, 그래서요……."

미스 루이저가 다음을 재촉했습니다.

"댁의 멋진 고풍스러운 샹들리에가 보였거든요."

선생은 이야기를 계속했습니다.

"저는 이렇게 아름다운 샹들리에를 지금까지 본 적이 없습니다. 저를 상당히 뻔뻔스럽다고 생각하시겠지만 좀 더 가까이에서 보고 싶은 생각에, 그렇게 해도 괜찮은지 여쭈어보고자 무심코 현관의 벨을 울리고 말았습니다."

미스 루이저와 미스 아델러는 싱글벙글했습니다. 두 사람 모두 자신들이 갖고 있는 오래된 가구를 아주 자랑스럽게 생각하고 있었기 때문입니다. 그래서 생판 모르는 사람이, 그것도 의사 선생님이 자신들의 샹들리에에 흥미를 갖고 있다는 말을 듣자 무척 기뻐했습니다.

"아, 그러세요? 보세요, 보시지요. 천천히 바라보세요."

두 사람은 입을 모아 말했습니다.

핑크 선생은 의자 등에 기대어 놋쇠로 된 샹들리에를 올려다보았습니다. 두 사람의 부인도 흐뭇한 듯이 미소를 지으면서 천장을 올려다보았습니다.

장롱 밑에 숨어 있던 브롬 선생은 핑크 선생이 무슨 생각을 한 것인지 곧바로 알아차렸습니다. 핑크 선생은 두 사람의 부인이 천장을 올려다보게 하려고 일부러 샹들리에가 멋지다는 이야기를 만들어낸 것입니다.

브롬 선생은 넬라 델라의 팔을 잡아당기고는 "요하네스, 위플랄라, 준비됐지?"

하고, 다른 두 사람에게 말했습니다. 그리고, 장롱 밑에서 힘차게 뛰쳐나갔습니다. 가방을 향해 쏜살같이 달렸습니다. 가방의 바깥 주머니로 뛰어들어가자 한참동안 모두는 하아하아, 숨을 헐떡이고 있었습니다.

핑크 선생은 샹들리에에서 눈을 떼고는 몸을 구부려서 가방을 들었습니다. 그리고는 조심스럽게 가방의 바깥 주머니 지퍼를 잠갔습니다.

"부인, 그 샹들리에를 파시라고 해봤자 소용없겠지요?"

"어머나, 당치도 않아요. 저건 할아버지께서 남겨주신 물건이거든요."

미스 루이저가 말했습니다.

핑크 선생은 한숨을 쉬었습니다.

"그럼, 이 이상 부인들의 친절에 매달리는 건 포기해야겠군요."

"정말로, 홍차도, 달걀술도 안 드실 건가요?"

"아니요, 괜찮습니다. 미련이 남지만 이제 실례해야겠군요. 이 멋진 샹들리에를 이렇게 가까이에서 볼 수 있게 해주셔서 정말이지 감격하고 있습니다."

선생은 감사의 인사를 하고는 가방을 꽉 끌어안았습니다.

"크라셔, 선생님을 배웅해드려라."

크라셔는 핑크 선생을 위해 문을 열었습니다. 현관의 무거운 문이 쾅당, 하고 닫혔습니다. 선생은 돌계단 위에 서 있었습니다. 암스테르담 운하 옆의 집들은 대개 앞에 이런 돌계단이 붙어 있어서 도로로 나갈 수 있도록 되어 있습니다.

핑크 선생은 어둠 속에서 선 채로 가방의 바깥 주머니를 열었습니다.

"어떻습니까? 굉장하지 않았나요? 나의 샹들리에 이야기는 어땠나요? 이번에야말로, 나와 함께 새로운 집으로 갑시다. 두 번 다시 가방을 도둑맞지 않도록 아주 조심해서 가져가겠습니다."

핑크 선생은 기쁜 듯이 말했습니다. 사실, 선생은 엄청나게 흥분해서 혼자서 떠들고 있었기 때문에 브롬 가족은 입을 열 수가 없었습니다. 마침내, 브롬 선생이 작은 팔을 흔들면서 소리쳤습니다.

"그만두십시오. 핑크 선생. 그럴 때가 아닙니다."

"뭐라구요? 어떻게 된 건가요?"

"위플랄라가 없어요. 위플랄라가 함께 오지 않았어요."

"에엣!? 그럼, 위플랄라는 어디에 있는 겁니까?"

핑크 선생은 대리석 계단 중 하나에 웅크리고 앉았습니다.

"모르겠어요. 선생님의 가방 안으로 뛰어들 기회라고 깨달았을 때, 우리는 바로 행동으로 옮겼지요. 물론, 위플랄라도 함께라고 생각했구요. 왜냐하면 장롱 아래에 위플랄라도 우리와 함께 앉아 있었으니까요. 그리고 '자, 위플랄라, 가방 안으로 들어가는 거야' 하고 우리가 소리쳤거든요."

넬라 델라가 말했습니다.

"이런, 하는 수 없군요. 그럼, 내가 데리고 돌아가는 것은 당신들뿐이로군요."

"우리들뿐이라구요! 그럼 위플랄라를 저 무서운 집에 내버려둔 채로요?"

요하네스가 발끈해서 말했습니다. "그렇게는 못해요. 언젠가 분명히 저 여자들은 위플랄라를 붙잡고 말 거예요."

"그래요. 위플랄라를 버릴 수는 없어요. 위플랄라를 데리고 와야 해요. 그렇지 않으면 저희도 선생님과 함께 갈 수 없어요."

넬라 델라가 말했습니다.

브롬 선생도 머리를 흔들면서 슬픈 듯이 말했습니다.

"핑크 선생님, 위플랄라를 내버려두고 갈 수는 없습니다."

"하지만, 어떻게 하면 좋겠습니까? 다시 한 번 초인종을 누르고, 또 다시 샹들리에를 보여달라고 부탁할 수는 없어요. 아까는 좀처럼 잡기 힘든 기회였단 말이에요. 위플랄라도 나의 가방에 들어왔어야 했어요. 똑같은 일을 되풀이할 수는 없어요."

선생은 낙담하고 말았습니다.

"그렇지요. 못하시겠죠. 그러니까 우리가 저 집으로 돌아가야 합니다. 들어가는 길은 알고 있습니다. 핑크 선생, 부디 우리를 지하실 부엌 창문에서 안으로 집어넣어 주십시오."

브롬 선생이 말했습니다.

핑크 선생은 완전히 풀이 죽어 있었습니다.

"이런 일이 일어나다니. 기껏 멋진 계략을 생각해내서 감쪽같이 당신들을 데리고 나와서 기뻐하고 있었는데. 모든 일이 수포로 돌아가다니."

넬라 델라는 핑크 선생의 손에 머리를 밀어붙였습니다.

"핑크 선생님, 제발 너무 화내지 말아주세요. 만약에 선생님도 똑같은 상황이라면 친구를 내버려두지는 않으시겠죠?"

"물론 내버려둘 수는 없지. 알았어요. 이 부엌의 창틀 사이로 여러분을 안으로 넣어줄게요. 그러면 되죠? 부엌은 캄캄해요."

핑크 선생은 세 사람을 차례로 한 명씩 부엌 창문턱에 올려주었

습니다. 그리고,

"여기서 당신들을 기다릴까요?"

하고, 작은 목소리로 말했습니다.

"아뇨, 시간이 상당히 걸릴 것 같습니다. 하지만, 내일 아침에 다시 한 번 우리를 찾으러 와주실 수 있을까요? 부탁합니다."

브롬 선생이 말했습니다.

"좋습니다. 그럼 내일 아침 일찍, 진찰 시간 전에 오겠습니다. 어떻게든 핑계를 대서 다시 한 번 이 집으로 들어갈게요. 안녕히."

"안녕히, 핑크 선생님. 정말로, 정말로 고맙습니다."

작은 브롬 선생은 눈물이 글썽해서 말했습니다.

세 사람은 부엌을 지나서 계단쪽으로 가려고 열심히 걸어갔습니다.

위플랄라를 찾으려는 것입니다.

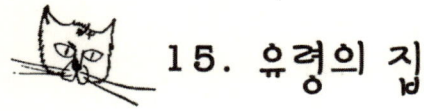
15. 유령의 집

한밤중인 새벽 3시 무렵이었습니다. 응접실에는 불이 환하게 켜져 있습니다. 그리고 미스 루이저와 미스 아델러가 서로의 어깨를 끌어안고 방 한가운데에 서 있었습니다. 두 사람 모두 부들부들 떨면서 도대체 어떻게 해야 좋을까 하고 말하듯이, 서로의 눈을 들여다보고 있었습니다.

크라셔도 잠옷 차림으로 마님들 옆에 서 있었습니다. 완전히 얼어붙어 있는 듯합니다.

"하지만, 루이저 언니, 정말로 뭘 봤다는 거예요?"

미스 아델러가 물었습니다.

"난쟁이가 타자기 자판 위에서 두 발로 뛰는 것을 봤어. 정말로 봤다구."

미스 루이저가 새된 목소리로 말했습니다.

"하지만, 하지만, 그런 말도 안 되는!" 미스 아델러는 말을 더듬었습니다. "어째서, 그, 그런 일이……. 이 세상에 난쟁이가 어디 있어요? 꼬마 도깨비는 없다구요! 언니, 꿈을 꾼 게 틀림없어요."

"하지만, 너도 타자를 치는 소리를 들었잖니. 이 한밤중에 말이야. 그것뿐이 아니야. 피아노 소리도 들렸잖아. 아무도 없는 이 방에서 말이야. 우리 세 사람 모두 분명히 들었잖아."

"예예, 들었지요. 멜로디가 들려왔으니까요. 그 녀석들은 피아노를 치고 있었어요. 파란 색 긴 블라우스를 입고요. 크라셔, 너도 들었지?"

미스 아델러는 크라셔에게 말했습니다.

"예, 마님. 타자기 소리가 들렸어요. 정말로, 정말로 이상해요. 저는 혹시 도둑놈이 아닐까 하고 생각했어요. 그래서, 살짝 방을 엿보러 왔지요. 그런데 피아노 소리와 타자기 소리가 들려오고 있지 뭐예요. 하지만, 방에는 아무도 없는 것 같았지요. 텅 비어 있었다구요."

"그때, 우리가 들어갔고 불을 켰어. 방이 밝아진 순간에 난쟁이가 보였다구. 이만한 난쟁이였어."

미스 루이저는 엄지 손가락과 집게 손가락으로 난쟁이의 크기를 만들어 보였습니다.

"유령이에요. 이 집은 유령에게 홀려 있는 거예요. 뭔가 해야 해요. 소방서나 경찰서에 전화를 하자구요."

미스 아델러가 말했습니다.

"어머나, 아델러. 소방관이나 경찰이 뭘 할 수 있겠니? 상대가 유령이면 아무 것도 할 수 없지."

"그렇다면, 누군가에게 유령을 잡아달라고 하면 좋을까요? 유령에게 시달릴 때에는 누구에게 전화를 해야 하죠? 유령 센터 같은 서비스 조합이라도 있나요?"

미스 아델러는 안절부절 못하고 있었습니다.

"타자기를 조사해보자. 혹시, 저 종이에 뭔가 타자를 쳤을지도 모르니까."

미스 루이저가 말했습니다.

세 사람은 작은 사무용 책상 위에 올려져 있는 타자기가 있는 곳으로 갔습니다. 종이 한 장이 타자기에 끼워져 있었습니다. 누가 종이를 끼운 걸까요? 언제, 어떻게 해서? 그 집 사람들은 아무도 타자기를 사용하지 않았는데……. 종이도 끼워 놓지 않았는데……. 그런데 지금은 종이가 들어 있고, 그 종이에 누군가가 글자를 타자로 쳐놓은 거예요.

위플 타타 너는 어디에 있니?

타자로 쳐진 글자는 이렇게 읽혔습니다.

"이 방안을 구석구석까지 찾아보자. 아니, 온집안을 뒤지는 거야. 먼저, 이 휴지통부터 시작하자."

미스 루이저가 한숨을 쉬었습니다.

"하지만, 루이저 언니. 유령은 휴지통에 숨지 않아요. 만약에 있다 해도 안 보이죠. 유령은 투명해서 눈에 보이지 않아요."

미스 아델러가 말했습니다.

"그럼, 아까의 난쟁이들은 어떻게 된 거니? 난 이 두 눈으로 똑똑히 봤단 말이야. 그러니까 휴지통에 없을 거라고 반드시 단정할 수는 없어."

미스 루이저는 휴지통을 엎었습니다. 꼬깃꼬깃한 종이 몇 조각이 흩어지며 떨어졌을 뿐이었습니다.

"쥐가 아니었을까요?"

크라셔가 머뭇머뭇 말했습니다.

"쥐라구? 크라셔. 너, 지금까지 쥐가 피아노를 친다는 말을 들어본 적이 있니? 쥐가 타자기로 편지를 치는 것을 본 적이 있니?"

미스 아델러는 몹시 화를 냈습니다.

"아뇨, 없어요, 마님."

크라셔는 침착하게 물러났습니다.

미스 아델러와 미스 루이저는 방안을 부들부들 떨면서 걸어서 돌아보았습니다. 안락의자의 쿠션을 들었습니다. 책장과 의자 밑을 살펴보았습니다. 책상 서랍도 하나씩 모두 열어보았습니다. 여기저기 모조리 찾아보았습니다. 하지만, 마침내는 포기하지 않을 수 없었습니다.

미스 루이저는 의자에 앉아 울기 시작했습니다.

"이 집에 유령이나 무서운 생물이 있다니! 말도 안되는 일이야.

트롤(북유럽 전설에 나오는 숲이나 석굴에 사는 괴물)이나 마녀나 못된 요정 따위가 이 집에 있다니! 여기는 아름다운 운하 옆에 있는 멋진 집인데 말이야."

"루이저 언니. 이렇게 하면 어떨까요? 아까의 상냥한 핑크 선생님께 전화를 해보면?"

갑자기, 미스 아델러가 말했습니다.

"핑크 선생님?"

"그래요. 어젯밤에 샹들리에를 보러 오셨던 의사 선생님요."

"하지만, 왜? 우린 아픈 게 아니잖아. 유령이 나오는데 그 분이 뭘 할 수 있겠어?"

"어머, 저는 그냥, 의사 선생님은 언제나 힘이 되어주시는 분이라고 생각한 것뿐이에요. 그리고, 아무튼 집에 남자가 있으면 안심도 되구요."

"하지만 지금 당장 선생님께 전화하자는 거니? 지금은 한밤중이야. 새벽 3시라구."

"왜 안 되나요? 핑크 선생님은 의사 선생님이잖아요. 전화로 불려나가는 일에는 익숙해져 있을 거예요."

"좋아. 그럼, 아델러. 네가 전화를 해줘."

미스 루이저도 찬성했습니다.

미스 아델러는 전화가 놓여 있는 곳으로 갔습니다.

"어머나, 이 전화번호부를 보세요. 정말 우연히도 핑크 선생님 이름이 있는 페이지가 펼쳐져 있어요. 이건 어떤 계시예요. 선생님이 곧장 와줄 수 있을지 물어볼게요."

미스 아델러는 다이얼을 돌렸습니다.

"여보세요, 핑크 선생님이시죠? 저는 루르 운하의 주터카스예요. 예, 어젯밤에 선생님이 샹들리에를 보고 싶다고 들르셨던 그 집요. 사실은 저희가 지금 아주 곤경에 처해 있어요. 그래서 선생님이 지금 당장 와주실 수 있을까 해서 전화를 드렸답니다. 아니요, 아픈 건 아니구요. 다른 문제가 있거든요. 어머나, 그래요? 고맙습니다. 기다리고 있을게요."

미스 아델러는 전화를 끊었습니다.

"선생님이 와주신대요." 안도의 한숨을 쉬며 말했습니다. "그 선생님은 특별한 분이네요. 1시간 정도 후면 오실 거예요."

"잘됐구나." 미스 루이저가 말했습니다. "그럼, 우리들은 이 응접실에서 버티고 있자꾸나. 서로 꼬옥 붙어 있자. 크라셔, 의자를 갖고 와서 우리 옆에 앉으렴. 그리고 주위를 조심하고. 뭔가 발견될지도 모르니까."

바로 그 무렵, 브롬 선생과 넬라 델라와 요하네스는 탁자와 책장 사이에 늘어뜨려져 있는 담쟁이덩굴에 매달려 있었습니다. 이 방에 되돌아온 뒤로 쭉, 세 사람은 애타게 위플랄라를 찾았습니다. 하지만, 찾아내지 못했습니다. 마침내 세 사람은 탁자 맨 아랫선반에 놓여 있던 빈 설탕 단지 안에 쭈그려앉고 말았습니다. 하지만, 부인들이 방안을 뒤지기 시작했을 때 설탕 단지 안에 있는 건 너무 위험할 것 같아서 곧바로 담쟁이덩굴 가지로 기어올랐던 것입니다. 그 가지는 높은 책장 위에 놓여 있는 화분에서 늘어뜨려져 있었습니다.

"어서 더 올라가요."

요하네스가 작은 목소리로 말했습니다. 요하네스는 앞장서서 조금씩 위로 올라갔습니다. 두 발을 담쟁이 줄기에 휘감으면서 능숙하게 잎사귀 그늘에 몸을 숨기면서 올라갔습니다.

넬라 델라와 브롬 선생이 뒤를 따랐습니다. 줄기가 흔들거리지 않도록 아주 조심해야 했습니다. 너무나 무섭게도, 부인들은 이쪽 저쪽으로 끊임없이 눈을 번뜩이고 있습니다. 하지만, 그 흔들거리는 줄기에 세 사람이 언제까지나 매달려 있을 수는 없었습니다. 설탕 단지 안으로 다시 돌아갈 수도 없었습니다. 어떻게 해서든 위쪽으로 올라가야만 했습니다. 세 사람은 소리를 내지 않도록 조심조심, 천천히 움직였습니다. 고맙게도 담쟁이덩굴 줄기가 흔들리고 있는 곳은 약간 어두운 구석이었습니다.

세 사람은 몇 시간 동안이나 계속 올라가고 있는 듯한 느낌이 들었습니다. 담쟁이덩굴의 길이는 몇 미터나 되어서 아무리 올라가도 책장 위에는 닿을 수 없을 것처럼 한없이 길게 뻗어 있었습니다. 하지만 마침내,

"다 왔어요."

하고 요하네스가 속삭였습니다.

요하네스는 책장 맨 꼭대기에 작은 발을 올려놓았습니다. 그리고는 몸을 앞으로 내밀어서 다른 두 사람이 책장 가장자리를 넘어

오는 것을 도왔습니다. 책장 위로 올라온 세 사람은 곧바로 책장 위에 있는 화분의 울창한 잎 사이로 기어들어갔습니다. 그것은 아주 큰 화분으로 여러 종류의 온실 식물이 심어져 있었습니다. 베고니아, 제라늄, 선인장, 그리고 커다랗고 잎이 잔뜩 달린 풀고사리 같은 식물들이요. 그래서 세 사람은 마치 상쾌한 숲 속에 들어온 것 같은 기분이 되었습니다. 무성한 녹색 잎들 사이에 숨자 비로소 마음이 놓였습니다.

완전히 지친 세 사람은 하아하아, 숨을 헐떡이면서 서로에게 꼬옥 달라붙었습니다.

"저 설탕 단지 안에 있었다면 지금쯤은 발견되었을 거예요."

넬라 델라가 말했습니다.

"그랬을 거야. 저 사람들이 여기고저기고 몽땅 뒤졌으니까. 그런데, 저 사람들이 핑크 선생님께 전화하고 있던 것 너희도 들었지?"

브롬 선생이 말했습니다.

"예, 전화하고 있었어요. 하지만, 그게 무슨 소용이에요. 곧 핑크 선생님은 이리로 오겠죠. 하지만, 우리는 선생님과 함께 돌아갈 수 없어요. 위플랄라를 아직 못 찾았잖아요."

요하네스가 말했습니다.

"그렇지." 넬라 델라는 한숨을 쉬었습니다. "위플랄라는 벌써 이 방에 없는 건 아닐까? 아니, 어쩌면 이 집의 어디에도 없는 것 아닐까? 쥐구멍을 타고 위플랄라 나라로 돌아가 버렸을지도 몰라.

혹시 위플랄라는 우리와 함께 있는 게 싫어져서 몰래 가버린 건 아닐까?"

"그렇게 되면 우리는 평생 난쟁이인 채로 살아야 하는 거야. 절대로 우리 집으로 돌아가지 못하게 되고 말아."

브롬 선생이 말했습니다.

"얘, 위플랄라. 위플랄라. 어디 있니?"

"여기예요."

가냘픈 소리가 났습니다.

벌에 쏘이기라도 한 듯, 세 사람은 펄쩍 뛰었습니다. 그리고 풀고사리가 무성한 곳을 자세히 살폈습니다. 어떻게 되었을까요?

"저 여기 있어요."

보라색 꽃 속에서 작은 목소리가 흘러나왔습니다. 위플랄라가 조금 부끄러운 듯이 히죽히죽 웃으면서 꽃 속에 숨어 있었습니다.

"저기, 저는 쭉 여기에 있었어요. 내려가는 것이 무서웠어요."

"위플랄라!"

요하네스가 고함을 쳤습니다.

"쉬잇! 조심해. 저 사람들이 듣잖아."

넬라 델라가 나무랐습니다.

모두들 나뭇잎 사이로 아래를 엿보았습니다. 두 명의 부인과 크라셔는 여전히 탁자 옆에 앉아 있습니다. 세 사람 모두 아무 것도 하지 않고 주위에 눈을 번뜩이고 있지만, 지금의 요하네스의 목소리는 듣지 못한 것 같았습니다.

브롬 선생은 엄하게 위플랄라에게 말하기 시작했습니다.

"잘 들어라, 위플랄라. 넌 대단히 큰 잘못을 저질렀어. 알고 있겠지? 우리는 벌써, 이미, 진작에 이 집에서 달아날 수 있었을 거야. 핑크 선생님이 우리를 데려가려고 힘들게 와주셨으니까. 그런데, 겨우 선생님 가방으로 달아났나 했더니 네가 없었다. 그때 너는 어디에 있었니?"

"난 여러분과 함께 호두나무 장롱 밑에 있었어요."

위플랄라는 대답했습니다.

"그렇지. 그런데 우리가 핑크 선생님의 가방으로 달려 들어갔을 때는 왜 따라오지 않았니? 이유를 말해보렴."

"난 뭔가를 보고 있었어요."

"뭔가를 보고 있었다고? 뭘 보고 있었는데? 너를 무섭게 한 것이었니? 응?"

"갑자기 방안에서 뭔가를 봤어요. 내가 바라던 것이었지요." 위플랄라는 말을 더듬었습니다. "꼭 필요할 것이었어요. 그래서 난 저 여자들이 침대로 갈 때까지 장롱 밑에서 기다리고 있었어요. 그리고나서 이리로 올라왔어요."

"잘 들어라, 이제 곧 핑크 선생이 이리 오실 거야. 물론 선생은 다시 가방의 입을 벌려놓아 주시겠지. 이번에야말로 그곳으로 숨어들어가는 거야. 위플랄라, 우리를 곤란하게 하는 짓은 하지 않았으면 좋겠다. 반드시 함께 가는 거야."

"예, 함께 갈게요."

"약속할 수 있지?"

"예, 약속할게요."

"아아, 핑크 선생님이 어서 오셨으면 좋겠다!"

넬라 델라와 요하네스가 입을 모아 말했습니다.

 ## 16. 빨간 열매를 먹었더니

"핑크 선생님, 자, 앉으세요." 미스 루이저가 말했습니다. "크라셔, 어서 커피를 따라드려라. 핑크 선생님, 서둘러 와주셔서 정말로 감사합니다. 오늘밤은 너무 무서웠답니다."

"정말로 무시무시한 밤이었어요." 미스 아델러도 말했습니다. "저희들은 한숨도 못 잤어요. 크라셔, 핑크 선생님께 벌꿀빵을 드려라. 선생님, 아침 식사는 안 드셨지요? 아직 새벽 4시니까요."

"이웃집을 방문할 시간은 아니니까요. 하지만 저는 왔습니다. 자, 어떤 일이 있었는지 정확히 말씀해 주시지요."

핑크 선생은 말했습니다.

핑크 선생은 녹색 벨벳 천이 씌워진 의자에 앉아 발을 뻗었습니다. 의자 옆에 가방을 두고 가방의 바깥 주머니를 크게 벌렸습니다. 선생은 방안을 힐끔힐끔 둘러보면서 생각했습니다. 작은 네 사람은 어디쯤에 있을까. 역시, 저 장롱 밑일까. 그렇지 않으면 다른 곳에 있을까. 조금 있다가 다시 샹들리에 이야기를 시작할까, 아니면, 뭔가 위쪽에 있는 것을 말해봐야지. 모두가 위를 향하면 작은 네 사람은 이번에도 다시 즉시, 가방 안으로 뛰어들어오겠지…….

"이런, 고맙습니다. 이제, 이야기를 들어볼까요?"

커피와 빵이 날라져오자 핑크 선생이 말했습니다.

"저기, 선생님……." 미스 루이저가 떨리는 목소리로 이야기를 시작했습니다. "선생님은 저희들의 머리가 이상하다고 말씀하실지도 모르겠지만……, 하지만, 이 집에는 유령이 살고 있어요!"

"그 유령을 직접 보셨나요?"

선생의 얼굴은 진지했습니다.

"예……, 저기, 아뇨. 정확히 말씀드릴게요. 한밤중인 3시 무렵이었지요. 문득, 저희 두 사람 모두 눈을 뜨고 말았어요. 저희는 언제나 깊이 잠들지 못하거든요. 그때, 한밤중인데 응접실에서 소리가 들려왔답니다."

미스 아델러가 말했습니다.

"쥐일까요?"

"쥐라면 좋았죠. 그런데, 그 소리가 타자기를 치는 소리였어요."

"타자기 소리라구요! 이 방에서 말입니까?"

"그렇다니까요. 게다가 피아노 소리도 들렸어요. 분명히 누군가가 피아노를 치는 소리였어요! 처음에는 무서워서 침대에서 나오지도 못했지요. 잘 아시겠지만요……."

"예예, 잘 압니다."

핑크 선생은 끄덕였습니다.

"그러다가 저희는 소리를 내고 있는 것의 정체를 확인해야겠다고 결심했답니다. 그래서, 이 방으로 내려와봤는데 때마침 크라셔도 침대에서 일어나서 왔더군요. 이 아이도 그 소리를 들었던 거예요. 그렇지, 크라셔?"

"그렇습니다, 마님."

크라셔가 말했습니다.

"그래서 불을 켰지요. 그랬더니 있더라구요."

"부인, 참 용감하셨군요. 도둑이었습니까?"

"그래요." 미스 아델러는 끄덕였습니다. "도둑이었다고 생각해요. 하지만, 적어도 평범한 도둑은 아니었어요."

"그래요. 평범한 도둑이 아니지요." 미스 루이저가 이상한 표정을 지으며 말했습니다. "선생님, 타자기 위에 올라와 있던 건 난쟁이였어요. 아주 작은 난쟁이였어요."

"난쟁이라구요? 꼬마 도깨비였다는 말씀이신가요?"

"그래요. 불을 켠 순간 달아나 버렸어요. 저는 아주 잠깐 보았을 뿐이에요. 하지만, 만약에 1초밖에 못 보았다고 해도 난쟁이였던 건 틀림없어요."

"그리고나서……"

핑크 선생은 다음을 재촉했습니다.

"그리고나서요? 그것뿐이에요. 이것만으로 충분하지 않나요?

타자기에는 종이가 한 장 끼워져 있고, 몇 글자 타자가 쳐져 있었어요. 선생님, 선생님의 눈으로 직접 봐주세요. 여기, 이거예요."

위플 타라 너는 어디에 있니?

"난쟁이들이 이걸 타자를 쳤어요."
"그래서 어떻게 하셨습니까?"
선생은 조용히 말했습니다.
"저희는 이 방을 구석구석까지 조사했지요. 이 방에 놓여 있는 것을 닥치는 대로 뒤집어엎어가면서 살폈어요. 하지만, 난쟁이는 어디에도 없었어요. 그렇지만 다시 침대로 돌아갈 생각이 나지 않았어요. 밤새 이 방에 있으면서 언제 다시 유령 소동이 시작될까 기다리고 있었어요."
"그래서, 시작되었습니까?"
핑크 선생이 물었습니다.
"아뇨. 그 이상은 아무 일도 일어나지 않았지요."
미스 아델러가 대답했습니다.
"여러분, 어젯밤에 뭘 드셨습니까?"
"어머나, 선생님, 어젯밤 말인가요? 언니, 우리가 뭘 먹었죠?"
"간 프라이와 양파를 먹었지요."
"아하……."
선생이 말했습니다.

"그런데, 그게 이 사건과 무슨 관계가 있나요?"

"많이 있습니다. 이렇게 된 것입니다. 아, 벌꿀빵 잘 먹었습니다. 아주 맛있군요. 그러니까 말이죠. 간 프라이와 양파는 때때로, 음, 환각증을 불러일으키는 일이 있습니다."

"환각증이라구요!" 미스 루이저가 기겁을 했습니다. "선생님, 그건 뭔가요? 중병인가요? 심각한 병인가요?"

"아뇨, 그렇지는 않습니다. 이런 종류의 병 중에서는 가장 가벼운 것이지요. 다만 이 병에 걸리면 밤에 이런저런 것들을 보거나 듣곤 합니다. 요컨대, 제 말의 뜻을 아시겠습니까? 이 세상에 없는 것을 보거나 듣는다는 말입니다. 아시겠지요?"

"어머나, 그럼, 선생님은 저희들이 그 병에 걸렸다고 말씀하시는 건가요? 하지만, 타자치는 소리도 피아노 소리도, 세 사람 모두 들었다구요."

"틀림없는 것 같군요. 왜냐하면 세 사람 모두 간 프라이와 양파를 드셨죠?"

"그렇긴 해요. 하지만, 난쟁이들을 분명히 봤는데요······."
미스 루이저가 말했습니다.

"바로 그겁니다. 그것이 환각증으로 인한 대표적인 증세입니다. 이 병에 걸린 사람은 모두 난쟁이를 보지요. 이것은 많이 있는 일입니다. 여러분이 생각하고 있는 것보다 흔한 일입니다. 그게 반드시 간 프라이와 양파를 먹은 다음이거든요. 그 음식은 더 이상 드시지 말 것을 권해드립니다. 특히, 저녁 식사에 드시는 것은 좋지 않습니다. 여러분께 가루약을 드리죠. 그 약을 드시면 기분이 가라앉아 푹 잘 수 있답니다. 눈을 떴을 때는 병은 낫고, 기분이 개운해지고, 두 번 다시 이 집에서 이상한 것을 보거나 듣는 일은 없을 겁니다."

선생이 미소를 지으면서 달래듯이 말했으므로 세 사람은 완전히 마음이 놓였습니다.

그리고 아까의 사건 따위는 생각해보면 말도 안 되는 일이었다고 믿어버리게 되었습니다.

자, 한편 브롬 가족 네 명은 그 동안 쭉 책장 위의 커다란 화분 속에 숨어 있었습니다.

"보렴, 핑크 선생의 가방 입이 열려 있지? 저곳으로 숨어들어가는 건 간단해. 하지만, 발견되지 않도록 바닥으로 내려가려면 어떻게 하면 좋을까?"

브롬 선생이 소곤소곤 속삭였습니다.

"핑크 선생님에게 신호를 할 수 있으면 좋을 텐데요."

넬라 델라가 말했습니다.

"담쟁이덩굴 줄기를 타고 미끄러져 내려가요. 그러면 아무튼 바닥으로 내려갈 수 있으니까요."

요하네스가 말했습니다.

"그래, 그러자."

브롬 선생이 속삭였습니다.

그때, 위플랄라가 세 사람 앞에 작은 손바닥을 펼쳤습니다.

"그 전에 이 나무딸기를 드세요. 맛도 있고 기운도 난답니다."

세 사람은 망설이면서 위플랄라의 손바닥에 놓여 있는 빨간 열매를 조금 의심스러운 듯이 바라보았습니다.

"그건 뭐냐?"

브롬 선생이 물었습니다.

브롬 선생이 한 개를 집어들었습니다. 빨간 열매는 아주 맛있어 보였고 세 사람 모두 상당히 오랫동안 아무 것도 먹지 못했기 때문이었습니다. 세 사람은 빨간 열매를 입에 넣고 씹어보았습니다. 맛이 달고 향기도 좋았습니다.

갑자기 이상한 일이 일어났습니다. 세 사람 모두 가슴이 울렁거리고 눈이 핑글핑글 돌았습니다. 세 사람은 풀고사리랑 꽃의 줄기에 매달렸습니다. 갑자기 방 전체가 빙글빙글 도는 듯한 느낌이었습니다. 방 안에 있는 모든 것이 부쩍부쩍 작아지고 있었고, 반대로 세 사람의 몸은 자꾸자꾸 커지고 있었던 것입니다.

"이럴 수가! 이럴 수가! 커지고 있어요!

게다가 이렇게 이상한 일이 벌어지고 있는 동안에도 소리는 조금도 나지 않았습니다. 약간 기분나쁠 정도로 조용했습니다. 들리는 소리라곤 줄기랑 잎이 부러지고 밟히는 작은 소리뿐이었어요.

그래서 핑크 선생과 두 사람의 부인도, 그리고 크라셔도 설마 책장 위에서 그런 일이 벌어지고 있으리라고는 꿈에도 생각지 못했습니다.

"자, 이 가루약을 드십시오. 더 이상 절대로 이 방에서 이상한

것을 보지 않을 겁니다. 약속드리지요."

핑크 선생이 부드럽게 말했습니다.

두 부인은 각자 커피와 함께 가루약을 먹었습니다.

"선생님, 정말 고맙습니다. 나중에 부엌에서 크라셔에게도 이 약을 먹으라고 할게요."

핑크 선생은 이제 슬슬 샹들리에나 아니면 뭔가 방 위쪽에 있는 것의 이야기를 시작해야겠다고 생각했습니다. 모두가 천장을 올려다보면 그 사이에 작은 브롬 가족은 가방 안으로 도망쳐 들어갈 수 있을 테니까요.

"아, 멋진 책장이군요."

핑크 선생은 이야기를 시작했습니다. 선생의 눈이 책장을 따라 밑에서 위로 올라갔습니다. 선생의 눈동자가 동그래졌습니다. 아주아주 동그래졌습니다.

미스 루이저와 미스 아델러도 핑크 선생의 시선을 따라 위로 시선을 옮기고 책장 위를 보았습니다.

책장 꼭대기에 수염을 기른 신사가 앉아 있었습니다. 그 옆에 남자 아이와 여자 아이가 있었습니다. 화분 한가운데에 의젓하게 앉아 있는 것입니다. 세 사람 주위의 꽃이랑 줄기는 엉망진창으로 뭉개져 있었습니다.

두 부인의 눈이 완전히 휘둥그레졌습니다. 두 부인의 입은 딱 벌어졌습니다. 갑자기, 끄응, 하고 신음하며 둘이 동시에 기절하고 말았습니다.

핑크 선생이 일어섰습니다. 쓰러져 있는 두 부인을 뛰어넘어서 책장 쪽으로 갔습니다. 그리고 손을 내밀었습니다.

"브롬 선생, 이제 내려오셔도 괜찮습니다. 자, 너희들도 어서 내려오렴."

하고, 넬라 델라와 요하네스 쪽을 보았습니다.

세 사람은 핑크 선생의 손을 붙잡고 한 사람씩 바닥으로 뛰어내렸습니다. 세 사람 모두 이 믿기 어려운 일이 일어난 뒤라 완전히 얼떨떨해서 한 마디도 못하고 있었습니다.

"위플랄라도 있습니까?"

핑크 선생이 물었습니다.

"있어요."

위플랄라가 브롬 선생의 주머니에서 머리를 내밀었습니다.

"잘됐다, 잘됐어. 자, 어서 밖으로 나가서 집으로 돌아가십시오. 이 부인들에게는 제가 멋지게 둘러댈 테니까요. 어서, 빨리!"

핑크 선생은 브롬 가족을 서둘러 문 밖으로 몰아냈습니다. 세 사람은 현관을 나와서 1분 뒤에는 운하 위에 서 있었습니다.

부엌 창문에서는 크라셔가 몹시 놀란 얼굴로 브롬 가족의 뒷모습을 바라보고 있었습니다.

 ## 17. 되살아난 시인

"얘들아, 저기에 있는 다리 난간에 좀 앉을까? 그리고 이 주위를 잘 봐두자꾸나."

브롬 선생이 말했습니다.

아버지와 두 아이는 다리 난간에 나란히 앉았습니다.

"어이구야, 정말로 살았다. 다시 커지다니. 우린 인간이지 더 이상 꼬마 도깨비가 아니야."

브롬 선생은 차분히 말했습니다.

"평소처럼 다시 집으로 돌아갈 수 있는 거죠?"

넬라 델라가 기쁜 듯이 말했습니다.

"학교에도 갈 수 있어요. 잘 됐어요." 요하네스가 말했습니다. "수영장에도 갈 수 있고 밖에서 놀 수도 있구요. 이젠 인간을 무서워하거나 달아나지 않아도 되요."

"위플랄라."

하고 말하고 넬라 델라는 위플랄라를 브롬 선생의 주머니에서 조심스럽게 꺼냈습니다. 그리고 손바닥 위에 올려서 얼굴 가까이로 가져갔습니다.

"위플랄라, 어떻게 해서 우리가 다시 커질 수 있었니?"

"그래, 나도 궁금하구나. 어떻게 한 거니? 위플랄라."

브롬 선생도 말했습니다.

"그건요." 위플랄라는 이야기를 시작했습니다. "처음에 우리가 호두나무 장롱 밑에 있었던 것을 기억하죠? 핑크 선생님이 가방을 의자 옆에 두고 여러분이 뛰어들어갔을 때요."

"그럼, 잘 기억하고 있지. 네가 함께 오지 않아서 정말 이상하다고 생각했었지. 나중에 네가 그 이유를 설명했는데 뭔가를 보고 있었다고 했잖아. 뭘 보고 있었던 거니?"

"사실은 나도 함께 뛰어나가고 싶었지요. 그래서 장롱 밑에서 달려나오기는 했어요. 그때, 무심코 위쪽을 보니까 책장 위에 화분이 올려져 있었어요. 그 화분 안에 내가 간절히 바라던 것이 있지 않겠어요? 그건 빨간 열매가 열린 식물이었어요. 여러분을 다시 보통의 인간으로 되돌려 놓으려면 그 열매가 꼭 필요했거든요."

"그렇다면 왜 그때 똑똑히 말하지 않았니?"

"설명하고 있을 틈이 없었어요. 눈깜짝할 사이에 여러분은 가방 속으로 들어가버렸으니까요. 나는 여러분과 함께 갈까 아니면, 뒤에 남아 빨간 열매를 손에 넣을까 순간적으로 결정해야 했지요. 여러분과 함께 가야겠다는 생각을 하면 갈 수 있었지요. 하지만, 그 때 이 집을 나가버리면 다시 돌아올 수 없겠지요. 나는 1초 동안 생각하고 결정했어요. 빨간 열매를 손에 넣자고 결심한 거예요. 그래서 거기에 남았어요."

"흐음, 너 정말로 영리하구나."

브롬 선생은 감탄하며 말했습니다.

"위플랄라, 넌 정말 똑똑한 것 같아. 분명히 능숙하게 요술을 쓸 수 있을 거라고 생각해."

요하네스가 말했습니다.

"나를 주머니 안에 다시 넣는 게 좋겠어요." 위플랄라가 말했습니다. "내가 누군가에게 발견되면 다시 곤란해지니까요."

"자, 집에 돌아가자."

브롬 선생이 앞장서서 걷기 시작했습니다. 아이들은 아버지를 뒤따라 걸었습니다. 아버지와 아이들은 익숙한 길을 지나서 돌아왔습니다. 세 사람 모두 기뻐서 어쩔 줄 모르고 있었기 때문에 걸으면서 춤을 추거나 막 뛰어오르기도 했습니다.

이렇게 큰길을 걸을 수 있는 건 정말로 멋진 일이라고 생각했습니다. 다시 커졌다는 것은 참으로 기쁜 일이었어요!

"어라, 저기를 보렴. 우리집 앞 광장에 사람이 모여 있어."

브롬 선생이 말했습니다.

"어떻게 된 걸까요? 우리를 노리고 모여 있는 걸까요? 우리집을 부수러 온 건 아니겠죠?"

넬라 델라가 걱정스러운 듯이 말했습니다.

"다른 쪽으로 가는 게 좋겠어요. 지금은 인간이 좀 무섭거든요."

요하네스가 비참한 얼굴을 했습니다.

"괜찮아. 이젠 무서워할 일은 없어. 이제 저 사람들이 우리를 붙잡아서 주머니에 넣지는 못할 테니까. 어라, 잠깐만. 저 사람들은 우리집으로 가는 건 아닌 것 같구나. 석상 주위에 모여 있는데."

시인 아르튀르 홀리데이의 석상이 아직 광장 한가운데에 서 있었습니다. 홀리데이씨는 여전히 돌시인인 채였습니다. 한 손을 앞으로 내밀고 다른 한 손에는 빈 접시를 든, 그때와 같은 모습이었습니다.

작은 광장은 사람으로 넘치고 있었습니다. 브롬 가족은 한가운데로 비집고 들어갔습니다. 만원 열차라도 탄 것 같았습니다.

"여기서 뭐가 시작됩니까?"

브롬 선생은 옆에 서 있는 남자에게 물었습니다.

"시인 아르튀르 홀리데이가 태어난 것이 50년 전 오늘이랍니다. 훌륭한 시인 아르튀르 홀리데이 말예요. 지금부터 기념식이 열리는 거지요."

그 남자는 대답했습니다.

"아, 기념식이라구요. 그거 좋군요. 그런데, 누가 연설을 하는 건가요?"

"장관입니다. 쉬잇! 시작하네요."

그 남자는 입을 다물었습니다.

넬라 델라와 요하네스는 기념식을 잘 볼 수 있도록 계단 위로 올라갔습니다. 장관이 석상 앞에 서 있었습니다. 광장에 모여 있는 남자랑 여자랑 아이들이 모두 보였습니다. 시인의 여동생 에밀리아 홀리데이의 얼굴도 보였습니다.

에밀리아는 장관 옆에 서서 눈에 손수건을 대고 있었습니다. 오빠가 돌이 된 뒤로 갑자기 유명해진 것은 기뻤지만 에밀리아에게 오늘은 역시 슬픈 날이었습니다.

"신사 숙녀 여러분."

장관은 연설을 시작했습니다. 장관은 검은 신사복을 입고 있었고 아주 멋지고 당당했습니다.

"50년 전 오늘, 이 마을에 한 아기가 태어났습니다. 그 아기가 아르튀르 홀리데이입니다. 그 홀리데이의 작품은 후세에도 세상 사람들의 이야깃거리가 되겠지요. 위대한 시인 홀리데이는 이 마을에서 태어나, 이 마을에서 살고, 이 마을에서 일을 했습니다. 여러분 한 사람 한 사람이 홀리데이의 지인이고 홀리데이의 작품을 읽고 있는 것입니다."

장관이 여기까지 이야기했을 때 브롬 선생의 주머니 안에서 위플랄라가 심하게 날뛰었습니다. 브롬 선생은 주머니쪽을 곁눈질로 보면서 살짝 말했습니다.

"왜 그러니? 뭘 하려는 거냐?"

"지금이라면 할 수 있을 것 같아요."

위플랄라가 속삭였습니다.

"안 된다. 위플랄라, 부탁이니 얌전히 있으렴. 지금 하면 상황이 안 좋으니까. 조금만 더 기다려……."

하지만 브롬 선생이 뭐라고 말해도 소용없었습니다. 위플랄라는 작은 손을 재빠르게 움직이고 있었습니다.

장관은 연설을 계속했습니다.

"아르튀르 홀리데이씨는 이미 이 세상에는 없습니다. 그러나, 홀리데이씨는 우리들 모두의 마음 속에 살아 있습니다."

그때 사람들이 웅성거렸습니다. 석상이 움직였던 것입니다. 석상은 천천히 팔을 쳐들고 끄으응, 하고 기지개를 켰습니다. 눈꺼풀이 깜빡깜빡 움직이며 아함, 하품을 했습니다.

"홀리데이씨가 살아 있어!"

"살아 있어요!"

사람들이 소리쳤습니다.

"예, 맞는 말씀입니다."

장관은 사람들의 소란 때문에 당황하며 말했습니다.

"이것이야말로, 지금 제가 말씀드린 것입니다. 홀리데이씨는 앞으로도 우리 모두의 마음 속에, 우리 모두의 기억 속에 살아 있는 것입니다."

석상은 하품을 하고는 눈을 껌벅거리면서 주위를 둘러보았습니다. 오른손에 빈 접시를 들고 있는 것을 깨닫고는 깜짝 놀라 가만히 그것을 바닥에 내려놓았습니다.

에밀리아 홀리데이가 주위를 둘러보다가 오빠를 발견하고,

"어머나, 오빠!"
하고 소리쳤습니다.
이번에는 장관도 뒤돌아보았습니다. 돌아보자, 석상이 살아 있는 것입니다!
"이게 도대체 어떻게 된 일이오? 당신이 움직이잖소. 당신은 살아 있군요!"
장관은 불끈 화가 난 듯 말했습니다.
"그래요. 하지만, 살아 있으면 안됩니까?"
아르튀르 홀리데이는 쭈뼛쭈뼛하면서 말했습니다.
"당연하지요."

장관은 화를 냈습니다.

"당신에게는 움직일 권리가 없소. 당신은 돌로 만들어져 있으니까 말이오. 석상이란 말이오. 당신이 살아서 거기에 서 있으면 어떻게 우리가 당신을 기념할 수 있겠소?"

"전 그런 것은 모릅니다. 하지만, 당신은 나의 기념식을 해야만 하는 겁니까?"

아르튀르 홀리데이가 물었습니다.

그때, 광장에 모였던 사람들이 일제히 환호하기 시작했습니다.

"만세, 만세! 우리의 시인, 아르튀르 홀리데이, 언제까지나 살아 있어 주세요. 우리의 유명한 시인, 오래오래 사세요! 살아 있는 시인의 기념식을 하다니, 멋지다 멋져! 만세!"

"이 사람들은 무슨 기념식을 하고 있는 겁니까?"

홀리데이씨는 옆에 서 있는 여자에게 물었습니다.

"50년 전의 오늘, 당신이 태어났잖아요."

여자는 대답했습니다.

"50년 전의 오늘이라구요! 아, 그렇다면 오늘이 나의 생일이군요. 내가 오늘로 50살이 되었단 말인가."

아르튀르 홀리데이씨가 소리쳤습니다.

"생일 축하합니다!"

"진심으로 축하해요!"

사람들은 석상에 장식하려고 갖고온 꽃다발을 살아 있는 시인의 손에 건넸습니다. 시인은 하얀 색과 분홍 색 카네이션, 튤립, 라일락 꽃다발을 한아름 안고 서 있었습니다. 하지만 홀리데이는 여전히 뭐가 뭔지 전혀 모르겠다는 얼굴을 하고 있을 뿐이었습니다. 이윽고 홀리데이는 힘없는 눈으로 주위에 서 있는 사람들을 둘러보면서,

"배가 몹시 고프군요." 하고 말했습니다.

"아르튀르. 너무나 사랑하는 오빠!"

에밀리아가 홀리데이씨의 팔 안으로 뛰어들었습니다.

"오빠는 두 달 동안이나 석상이었어요. 하지만, 지금은 사람이 되어 따뜻해졌고, 살아 있어요. 우리는 이젠 가난뱅이가 아니에요. 오빠, 오빠는 유명해졌다구요. 지금은 오빠의 시집이 모든 가게에서 팔리고 있어요. 그러니까 포크찹을 살 돈도 있다구요. 주위를 둘러보세요. 모두가 오빠에게 손을 흔들고 웃음을 보내고 있지요. 모두가 환호하고 있는 것이 들리지요?"

"진심으로 축하합니다!"

장관이 형식적으로 말하면서 아르튀르 홀리데이와 악수했습니다. 하지만, 장관의 얼굴은 부루퉁해 보였습니다. 아까부터 일어난 일이 몹시 짜증스러웠던 것입니다. 석상 앞에서 연설을 했더니 갑자기 그 석상이 되살아난 일은 난생 처음이었거든요.

광장에 모인 사람들은 아르튀르 홀리데이를 헹가래치며 돌았습니다. 에밀리아는 오빠와 나란히 걸으면서 기쁨의 눈물을 흘리고 있었습니다.

"오빠가 되살아났어요!"

에밀리아는 브롬 선생을 보고 소리쳤습니다.

"그것 봐요, 에밀리아. 내가 언젠가는 모든 게 잘될 거라고 했잖아요?"

브롬 선생은 에밀리아의 손을 잡고 말했습니다.

"맞아요. 당신이 말씀하신 대로였다구요. 선생님, 저희와 함께 가지 않으시겠어요? 어머, 브라스밴드가 왔네요. 오빠를 어깨에 태우고 마을을 돌겠대요."

"모처럼의 말씀이지만, 함께 가는 것은 사양하겠습니다. 이렇게 사람이 많지 않을 때 당신네들을 만나고 싶으니까요."

그렇게 말하고서 브롬 선생은 넬라 델라와 요하네스 쪽으로 뒤돌아섰습니다.

"우린 집으로 돌아가자. 집이 어떻게 되어 있을지 정말 궁금하구나."

아버지와 두 아이는 군중 속을 헤치고 집으로 돌아갔습니다.

"혹시, 이것저것 몽땅 가져가 버렸을지도 모르겠네요. 딩어만스 부부의 친구들이 집으로 쳐들어왔을 때 말이예요."

넬라 델라가 말했습니다.

하지만 집안은 걱정했던 것만큼 어지럽혀져 있지는 않았습니다. 없어진 물건도 없었고 심지어 대부분의 물건이 원래 있던 곳에 그대로 놓여 있었습니다.

"다시 집으로 돌아왔어……." 요하네스가 말했습니다. "정말로 멋져. 정말로. 야, 고양이가 있어."

고양이 프리흐가 세 사람을 향해 코를 킁킁거리며 다가갔습니다. 프리흐는 세 사람 주위를 이리저리 뛰어돌면서 야옹야옹, 하고 울었습니다.
"귀여운 고양이 프리흐! 역시, 집이 최고야."

 18. 우리집에 돌아와

넬라 델라와 요하네스는 복도를 지나 방으로 들어가서 집안을 여기저기 살피면서 돌아다녔습니다.

"저것 봐, 저기 내 보트가 있어. 오늘밤 욕조에 띄워야지. 기차도 있어. 우리가 난쟁이였을 때 저걸 타고 달렸었지."

"그래, 그래. 욕조에서 헤엄도 쳤었고 말야. 인형의 집 난로로 요리를 했고. 정말 재미있었는데."

넬라 델라는 웃었습니다.

"뭐, 재미있었다고?" 브롬 선생이 소리쳤습니다. "그런 난쟁이였던 게 재미있었단 말이냐? 원래의 인간으로 돌아온 것이 고맙지 않아? 우리가 그렇게 고생했던 걸 벌써 잊었니?"

"어머나, 아빠. 잊어버릴 리가 있나요. 두 번 다시 난쟁이가 되고 싶지는 않아요. 하지만, 재미있는 일도 조금은 있었다고 말하고 있는 것뿐이라구요." 이렇게 말한 넬라 델라는 이번에는 위플랄라에게 물었습니다.

"너는 몸이 그렇게 작은 것에 대해 어떻게 생각하니?"

"난 태어날 때부터 이렇게 작았는데요, 뭐."

위플랄라가 말했습니다. 위플랄라는 장난감 자동차를 신나게 타고 돌면서 아주 즐거워했습니다. 요하네스의 장난감을 멋지다고 좋아하고 있는 것입니다.

고양이 프리흐는 계속 브롬 가족의 뒤를 쫓아다니고 있었습니다. 하지만, 이젠 위플랄라와 놀기 시작했습니다. 위플랄라는 자동차에서 내려서 프리흐의 따뜻한 등으로 기어올랐습니다. 프리흐는 위플랄라를 태우고 방안을 뛰며 돌았습니다.

넬라 델라는 위플랄라를 상냥하게 지켜보고 있었습니다.

"위플랄라, 네가 우리 곁에 있어서 정말 기뻐. 너는 지난 몇 주 동안 우리를 여러 번 구해주었지. 언젠가는 너도 나랑 함께 학교에 가야만 해. 내 손잡이가 달린 가방에 넣어가 줄게. 누구에게도 너를 보여주지 않을 거야. 하지만 내 학교는 볼 수 있을 거야."

"어, 시계가 고장났어." 요하네스가 말했습니다. "복도에 있는 예쁘고 오래된 벽시계의 작은 천사가 떨어져 있어. 앗, 여기 있다."

넬라 델라가 요하네스의 옆에서 바닥에 굴러다니고 있는 작은 천사를 집어올렸습니다. 분명히 딩어만스씨와 사람들이 집에 침입했을 때, 누군가가 시계에 부딪치는 바람에 천사가 떨어지고 말았던 거겠죠.

넬라 델라는 작은 천사를 손바닥에 놓았습니다. 천사는 발가숭이에 분홍색이고 등에는 금빛 날개를 달고 있었습니다.

"시계에 빨리 다시 붙여야겠다. 그리고 지금부터 커피를 준비할 거예요. 아까 빵집에서 초콜릿을 샀으니까 아주 맛있게 커피를 마시자구요."

넬라 델라가 커피를 따르는 동안에 브롬 선생은 말했습니다.

"나는 이것저것 해야 할 일이 있단다. 먼저 핑크 선생에게 전화를 걸어서 고맙다고 해야 해. 그리고 그 레스토랑에도 45길더를 지불해야만 하고 말이야."

"아빠. 정말로 지불하러 갈 생각이세요?"

넬라 델라는 깜짝 놀랐습니다.

"당연한 일 아니냐. 너는 모르는 척하고 있을 수 있니? 나는 빚은 싫다. 그리고 우리가 벌꿀빵이랑 이것저것 먹거리를 훔쳐먹었던 그 식료품 가게에도 갈 생각이다. 피해를 준 부분을 변상하고 싶으니까."

"로티한테도 전화해야죠."

요하네스가 소리쳤습니다.

"여기저기 전화해야겠지."

브롬 선생은 수화기를 들고 핑크 선생에게 전화를 걸었습니다. 전화로 이야기하는 사이에 브롬 선생은 머리 위에서 날개가 팔락거리는 소리를 들었습니다. 하지만, 브롬 선생은 전화에 열중해서 신경쓰지 않았습니다.

"이 방에 새가 있나 봐." 요하네스가 말했습니다. "작은 날개를 팔락팔락하는 소리가 들려."

요하네스는 힐끔힐끔 둘러보았습니다.

"넬라 델라, 저걸 봐!"

넬라 델라는 요하네스가 말하는 쪽을 본 순간, 놀라서 막대기처럼 되어버렸습니다.

황금빛 날개를 단 분홍색 작은 천사가 방안을 날고 있는 것입니다. 작은 날개를 움직여서 기품 있게, 미끄러지듯이 공중을 날고 있습니다. 천사는 생각지도 못한 행동을 해보였습니다. 브롬 선생의 머리 바로 위를 스르륵 스치듯이 날아가 머리카락을 쑤욱 잡아당긴 것입니다.

"뭐냐!"

브롬 선생은 전화 통화가 끝나자 소리쳤습니다. 위를 올려다보고 입을 딱 벌리고 말았습니다.

"또냐. 집으로 돌아와서 겨우 정상적인 생활이 시작되었다고 생각하자마자, 또 다시 위플랄라의 못된 장난이냐. 정말이지, 네 녀석한테는 질렸다. 시계에 달린 천사잖아. 위플랄라, 이 살아 있는 천사에게 우리가 무슨 볼일이 있는 거냐."

위플랄라는 싱긋 웃으면서 올려다보았습니다. 작은 얼굴이 의기양양하게 빛나고 있었습니다.

"나 말예요, 능숙하게 할 수 있게 됐죠? 조금씩 노력하고 있었거든요. 그래서, 지금은 내가 처음에 여기 왔을 때보다 훨씬 능숙하게 요술을 부릴 수 있어요. 그렇죠?"

하고 말하고, 위플랄라는 팔짝팔짝 춤을 추었습니다.

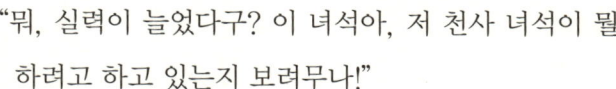

"뭐, 실력이 늘었다구? 이 녀석아, 저 천사 녀석이 뭘 하려고 하고 있는지 보려무나!"

브롬 선생이 호통을 쳤습니다.

천사는 점점 더 엄청난 장난꾸러기로 변하고 말았습니다. 문이 열려 있는 찬장 안으로 날아들어가서는 컵을 네 개나 집어던지고, 이어서 버터를 통째로 공중으로 날렸습니다. 도중에 책꽂이에서 책을 끄집어내서 물이 가득 담긴 주전자 위에 털썩, 하고 떨어뜨렸습니다. 주전자가 엎어지면서 탁자 위로 물이 와락 쏟아졌습니다.

요하네스와 넬라 델라는 깔깔거리면서 꼬마 장난꾸러기 천사를 뒤쫓았습니다. 하지만 소용없었습니다. 천사가 훨씬 빨랐거든요.

그때 문이 열렸습니다. 가정부인 딩어만스 부인이 서 있었습니다. 부인은 어리둥절해 있었습니다.

"돌아오셨군요. 여러분의 집으로요. 고생 많으셨지요?"

딩어만스 부인은 손을 내밀었습니다. 그러자, 거기에 천사가 날아왔습니다. 천사는 부인이 앞으로 내민 손바닥으로 춤을 추며 내려왔습니다.

부인은 "꺄악!" 소리를 지르며 손을 뿌리쳤습니다. 꼬마 천사는 일부러 부인의 머리 주위를 팔락팔락 날면서 장난을 쳤습니다.

"이 집은 아직 도깨비집이야. 나는 모든 것이 정상으로 돌아오면 그때 다시 오기로 하겠어요. 이런 기분나쁜 집은 절대로 사양하겠어요."

딩어만스 부인은 부리나케 나가버렸습니다.

"이런이런, 가정부가 도망가 버렸군. 앞으로는 무슨 일이든 우리가 직접 해야 하겠구나. 이 모든 것이 위플랄라, 요 못된 장난꾸러기가 요술을 부렸기 때문이야. 얘들아, 그 천사를 붙잡아라."

브롬 선생은 낙심해서 말했습니다.

다시 술래잡기가 시작되었습니다. 꼬마 천사는 아주 즐거워하며 인간을 놀리고 있었습니다. 팔랑팔랑 날아다니면서 브롬 선생의 서류를 뒤섞어버리고 꽃병을 뒤엎기도 했습니다. 그리고나서, 횡 하고 탁자로 날아 내려온 순간 크림빵의 생크림에 발을 집어넣었으므로, 고양이 프리흐까지 무척 화가 나고 말았습니다.

"간다!"

요하네스가 속삭이고는 탁자로 몰래 다가갔습니다. 손에 펼친 손수건을 들고 그걸로 천사를 잡을 생각이었습니다.

요하네스의 바로 옆에까지 다가간 순간, 천사는 사뿐히 날아올랐습니다. 그리고, 공중에 아름다운 동그라미를 그리면서 뒤쪽 창문을 통해 밖으로 날아갔습니다.

"앗, 잡아, 잡아! 그렇지 않으면 이대로 가버리게 돼."

넬라 델라가 날카롭게 소리쳤습니다.

모두들 천사의 뒤를 쫓아 정원으로 나왔습니다. 천사는 나무 위에 있었습니다. 낮은 나뭇가지 중에 하나에 앉아 있었거든요. 모두들 나무 쪽으로 살금살금 다가갔습니다. 그러나, 가지쪽으로 손을 뻗은 순간 천사는 금빛 날개를 펼치고는 하늘로 똑바로 날아올라가고 말았습니다.

넬라 델라와 요하네스와 브롬 선생은 정원에 서서 꼬마 천사의 행방을 보고 있었습니다. 천사의 금빛 날개가 햇빛에 빛나고 있었습니다. 천사는 점점 더 높이 올라가 작디작은 금빛 점이 되고, 마침내 검은 점이 되고……. 결국은 보이지 않게 되어버렸습니다.

"가엾어라. 저 꼬마는 어디에 내려앉을 생각일까."

넬라 델라가 말했습니다.

"틀림없이 어딘가에 멋진 작은 천국이 있을 거야. 황금으로 된 작은 문이 달려 있는 천국 말이야. 거기로 간 거야."

요하네스가 자신 있게 말했습니다.

다른 두 사람은 그 말을 듣고 조금 안심했습니다.

"여러분, 뭘 보고 있나요? 제트 비행기인가요?"

핑크 선생이 정원에 서 있었습니다. 선생은 뒷문을 통해 들어온 것이었습니다. 선생 옆에는 로티가 서 있었습니다.

"로티!"

넬라 델라는 소리쳤습니다. 정말로 감격스러운 재회였습니다.

두 사람은 끌어안고 한꺼번에 수다를 떨기 시작했고, 몇 백 가지나 되는 질문을 해댔습니다.

"로티. 너 아주 건강해 보인다! 살도 쪘구."

"너는 정말 크다!"

로티가 소리쳤습니다. 무리도 아닙니다. 두 사람이 마지막으로 헤어졌을 때 넬라 델라는 로티의 집게 손가락보다 작았으니까요.

그러는 동안 브롬 선생은 핑크 선생과 이야기를 했습니다.

"그래서, 핑크 선생님. 미스 루이저와 미스 아델러는 어떻게 되었습니까?"

브롬 선생이 물었습니다. 선생은 약간 안절부절 못하는 것 같았습니다. 좋지 않은 추억이었으니까요.

"에에."

핑크 선생도 약간 안절부절 못하는 것 같았습니다. 그 두 사람의 부인을 속인 것만은 틀림없었으니까요.

"두 사람이 기절한 건 기억하고 계시지요? 두 사람이 정신을 차렸을 때 저는 모든 것이 간 프라이와 양파 탓이라고 설득했죠. 그리고, 다시 한 번 찾아뵙겠다고 약속하고 왔구요."

"미스 루이저랑 미스 아델러도 안됐어요." 넬라 델라가 말했습니다. "그 분들은 이제 절대로 간과 양파는 안 먹겠죠? 자, 여러분, 모두 응접실로 가요. 마침 커피를 끓였고 케이크도 많이 있어요."

"그런데 위플랄라는 어디 있어?"

로티가 물었습니다.

"집 안에 있어." 요하네스가 말했습니다. "내 자동차를 타고 놀고 있지. 지금 마침 이상한 일이 일어났어. 위플랄라가 요술을 부렸거든. 얘, 위플랄라. 어디 있니?"

모두 집 안으로 들어갔습니다.

"응접실에는 없네. 위플랄라, 위플랄라!"

넬라 델라가 불렀습니다.

"이층을 보고 올게."

요하네스가 말했습니다. 모두들 집안을 찾았습니다. 걱정이 되기 시작했습니다. 위플랄라가 어디에도 없었기 때문입니다. 로티와 핑크 선생도 찾는 것을 도왔습니다. 위플랄라의 장난에 언제나 투덜투덜하던 브롬 선생도 지금은 구멍이라는 구멍, 틈새라는 틈새는 모조리 뒤져보았습니다.

"틀림없이 장난치느라고 어딘가에 숨어 있는 거예요. 예전에도 이런 장난을 한 적이 있어요. 그렇게 작은 꼬맹이니까 단지나 냄비 안으로 들어가 버리거든요."

넬라 델라가 말했습니다.

"오트밀죽 통 속에는 없니?"

"얘들아, 더 이상 위플랄라는 찾지 말자. 그럴 필요가 없단다. 봐라, 이것을 보렴."

브롬 선생이 타자기에서 종이를 빼내어 모두에게 보였습니다.

그것은 타자기로 친 짧은 편지였습니다. 편지에는 이렇게 씌어 있었습니다.

재미있는 일을 잘하게 되었어요.
우리 나라로 돌아가요, 안녕.

"뭐야, 이걸 위플랄라가 타자를 쳤어요? 이건 위플랄라의 편지로군요." 넬라 델라가 소리쳤습니다. "그 애는 친구 위플랄라들이 있는 곳으로 가 버렸어요. 어머, 너무해. 돌아가 버리다니!"

"찬장의 쥐구멍을 통해서 갔을 거야. 다시 불러올 수 있어!"

요하네스가 소리쳤습니다.

두 사람은 찬장을 열었습니다. 맨 아랫단에는 위플랄라가 처음 왔을 때에 지나온 작은 구멍이 그대로 남아 있었습니다. 두 사람은 그 구멍에 손가락을 넣고 불렀습니다.

"위플랄라, 위플랄라!"

하지만 아무 소리도 돌아오지 않았습니다. 위플랄라는 정말로 가버린 거예요.

넬라 델라는 의자에 앉아 손으로 얼굴을 감싸고는 울음을 터뜨렸습니다.

요하네스는 울지 않았습니다. 하지만, 입술을 깨물고는 필사적으로 울음을 참고 있었습니다.

"잘 들으렴."

브롬 선생은 한 팔로는 넬라 델라를, 다른 한 팔로는 요하네스를 끌어안았습니다.

"아빠 말을 잘 들어봐. 위플랄라는 자기 나라로 돌아간 거란다. 친구들이 있는 곳으로 간 거야. 나는 위플랄라를 위해서 잘됐다고 기뻐하고 있단다."

"기뻐하고 있다구요?"

넬라 델라가 흐느꼈습니다.

"그렇고말고. 위플랄라는 여기서 사는 것보다 훨씬 행복할 거야. 위플랄라는 이제 능숙하게 요술을 부릴 수 있으니까 두 번 다시 쫓겨나거나 하지 않을 테니까. 게다가, 만약 위플랄라가 여기 있으면 어떻게 될지 생각해보렴. 우리집에 손님이 올 때마다 언제나 숨어야 하잖니. 우리는 위플랄라가 다른 사람들에게 들키지 않도록 숨겨줘야 하고 말이야. 위플랄라를 데리고 밖에 나갈 때는 핸드백에 넣어가야 하고. 그건 위플랄라에게는 견딜 수 없는 일이야. 호기심많은 인간의 눈으로부터 숨어 있어야 하는 것이 얼마나 싫은지는 너희도 경험을 통해 잘 알고 있겠지. 누군가 나를 붙잡을지 몰라서 두근두근 가슴 조이는 건 견딜 수 없는 일이잖아."

"하지만……, 위플랄라가 너무 보고 싶어질 거예요. 위플랄라를 아주 좋아했단 말이에요. 그렇지, 요하네스?"

"그래요. 나도 아주 좋아했다구요."

요하네스가 끄덕였습니다.

"분명히, 언젠가 위플랄라는 돌아올 거야."

그때까지 입을 다물고 그들의 모습을 보고 있던 로티가 입을 열었습니다.

"반드시 다시 한 번, '안녕?' 하고 어느 날 갑자기 돌아올 거야. 너희 아빠 말씀이 옳아. 위플랄라는 작은 위플랄라 친구들이랑 위플랄라 나라에서 사는 것이 훨씬 행복할 거야."

"자, 커피를 마시자꾸나. 로티랑 핑크 선생님을 손님으로 맞이하다니, 이렇게 기쁠 수가 없구나."

브롬 선생이 말했습니다.

넬라 델라와 요하네스는 조금 마음이 가라앉았습니다.

*

다음 날, 넬라 델라와 요하네스는 다시 학교에 갔고 예전과 똑같은 생활이 시작되었습니다. 너무나도 평범한 하루하루였으므로 넬라 델라는,

"그 일이 정말로 있었을까? 우리집에 작은 위플랄라가 왔던 것은 정말로 꿈이 아니었을까?"

하고, 가끔은 혼잣말을 할 정도였습니다.

하지만 일주일이 지난 어느 날 아침, 넬라 델라는 담쟁이덩굴 속에서 거미를 발견했습니다. 그것은 돌이 된 거미였습니다.

"어머나, 이 거미를 되살리는 걸 까맣게 잊고 있었네. 이젠 어떻게 해볼 수가 없겠구나."

넬라 델라는 한참 동안 눈물에 젖고 말았습니다. 그리고나서, 돌거미를 집어올려 자신의 작은 책상 위에 올려놓았습니다.

이 책을 우리말로 옮긴 위정훈은 고려대학교 서어서문학과를 졸업하고, 출판사 편집자를 거쳐 영화주간지 「씨네21」에서 5년여 동안 기자생활을 했습니다. 2003년부터 2년 동안 도쿄대 대학원 총합문화연구과 객원연구원으로 유학했습니다. 지금은 인문, 문학 등 다양한 분야의 출판기획과 번역을 하고 있습니다. 옮긴 책으로 『뿌리깊은 인명이야기』, 『뿌리깊은 지명이야기』, 『다질링 살인사건』 등이 있습니다.

이 책에 그림을 그린 아카보시 료에이(赤星亮衛, 1921~1992)는 일본의 일러스트레이터입니다. 일본 구마모토 현 다마나(玉名) 시에서 태어나 일본 근대미술의 거장인 에비하라 기노스케(海老原喜之助)를 사사했습니다. 큰 딸 미키의 탄생을 계기로 동화책에 그림을 그리게 되었습니다. 『이상한 램프』(아카네쇼보, 1966)로 산케이 아동문화상을 받았고, 『위플랄라』 일본어판 이외에도 동화집 『하얀 앵무새의 숲』 등 수많은 동화책에 아름다운 삽화를 그렸고, 직접 동화를 쓰고 그리기도 했습니다.

위플랄라

지은이 _ 안니 M. G. 슈미트
옮긴이 _ 위정훈
그린이 _ 아카보시 료에이
표지디자인 _ 이윤진
펴낸이 _ 강인수
펴낸곳 _ 도서출판 **파피에**

초판 1쇄 발행 _ 2009년 5월 1일

등록 _ 2001년 6월 25일 (제300-2001-137호)
주소 _ 110-070 서울시 종로구 내수동 74 광화문시대 1309호
전화 _ 02-733-8668
팩스 _ 02-732-8260
이메일 _ papier-pub@hanmail.net

ISBN 978-89-85901-56-7 03810

· 잘못 만들어진 책은 바꾸어 드립니다.
· 값은 뒷표지에 있습니다.

· 표지와 본문 그림의 사용을 허락해주신 저작권자 아카보시 미키님께 깊이 감사드립니다.